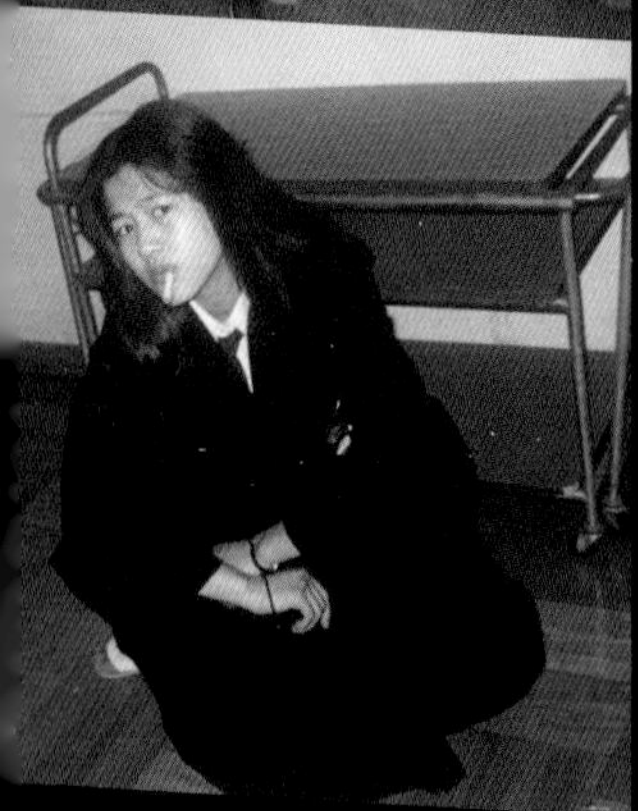

「いつ死んでもいい」本気《マジ》で思ってた…

女族・かおり

大洋図書

まえがき

「いつ死んでもいい」

30年以上前、私は本気でそう思っていた。

死ぬことが怖いと感じてなかったというか、捨て身だった。私は周りから見れば一番面倒くさい存在だったかもしれないな。だって、本当に死んでもいいと思って行動してたから、親はもちろん、周りの人たちに心配と迷惑をかけまくってた。

中学でグレはじめた。

夜遊び、万引き、家出、ケンカ、無免許運転にシンナー。気がついたら悪い遊びにハマっていた。

母は学校や警察から呼び出されてばかりいた。そんな母の口から

「お前なんかいらないよ」

そう言われた時はショックだった。でも、心の中では妙に納得していた。

ずいぶん前からそれは気づいていたというか、覚悟していたような気がする。

（とうとうこの言葉が出てきたか……）

って感じだった。

自分自身でも、いつも「自分なんかいらない。もういい、どうなっても……」って思っていた。

単車で、夜中に一人で流してる時、

（このままトラックに突っ込んだらどうなるのかな。一発で死ねるかな？）

そんなことをいつも考えながら走ってた。

ヤクザに拉致られ、殴る蹴るの暴行を受けてる最中も
（私、今日死ぬんだ……死んだら、誰が悲しんでくれるんだろう。家族は、涙ぐらい流してくれるのかな）

そんなことばかりを考えていた。


結局は自分の存在をわかってもらいたい、自分という人間がいることを否定されてるって勝手に思い込んで、自分の殻に閉じこもっていた。

本当は誰も私を否定してたってことはないんだけど、当時の私は親や周りの人たちの気持ちをわかってなかったのかなって思う。小さい頃からずっと自分の存在意義が見つけられな

かったから。

そんな時に自分を認めてくれる唯一の仲間たちと作ったのが、レディース暴走族「女族」だった。

だけど今、あの頃を振り返ると正直自分で自分が怖くなる。

もしあの時、本当に死んでたら、その後の幸せはなかったしね。

女族を引退した後も、20代、30代、40代とさまざまな経験をした。

芸能界とご縁があり、女優を目指したこと。

銀座や六本木の夜の世界でナンバーワンになったこと。

結婚と出産。ふたりの息子を授かったこと。

シングルマザーとして子育てにがむしゃらだったこと。

もうおばさんになった私だから思うけど、良いことも悪いことも含めて経験したことでいろんな出会いがあったり、人の気持が理解できるようになったりした。人生って意外なことの連続だなってつくづく感じてる。

だって、こんな人生を歩んできた私が本を出版できるなんて想像できなかったしね（笑）。
だから17歳の頃の私に教えてあげたいよね、「死ぬなんて考えるのはもったいないよ」って。

でもそれは無理だから、あの頃の私みたいに居場所がなくって苦しんでいる今の10代に、この本を通じて伝えてあげたいなって思う。

今の時代も、家や友だち関係、学校とかいろいろな場面で孤独を感じてる子たちも多いと思う。苦しいし、もうどうだっていいって投げやりになることもあるかもしれない。
だけど10代って人生のほんの一時期。その後が長いし、いろんなことを体験できる。いいことも悪いこともあるけど、どっちも経験することで、いつか「生きててよかったなー」って思う日が来るんじゃないかな。

突っ走りすぎて大ケガしてばっかりの私の人生だけど、昔のことを思い出してニヤリとしたり、こらえきれなくて泣きながら書いたので、良かったら読んでください。

「いつ死んでもいい」本気《マジ》で思ってた…

――目次

第二章　自分なんていないほうが…

第三章　女族。そして仲間との出逢い

第四章　大人への選択

第五章　子供がいるから私がいる

第六章　幸せを手に入れるための壁

第一章　寂しさと居場所

物心ついた時から母と住んだ記憶がない

私は台湾の首都・台北市で生まれた。

台北の中心から少し離れた町で私は育った。いわゆる下町で、人ひとりがやっと通れるくらいの裏路地が家々の間に張り巡らされていた。

私が小さい頃は車もそれほど走ってなくて、原チャリ、バイク、自転車が砂ぼこりを上げながら、整備されていない凸凹の道を行き交っていた。下水やオイルの臭いなどが入り混じり、町中に広がっていた。

町のいたるところに野良犬、野良猫がいた。近所のおじさんたちは、昼間から家の前にテーブルを出して、ランニングシャツとハーフパンツ姿でお茶を飲みながら麻雀や将棋をやっていた。

家の近くには串焼きや揚げものの屋台が軒をつらねていて、そこでいつも朝食を食べていた。家族そろって朝ご飯を食べることはあんまりなくて、一人で食べてたから寂しかったな。私のように、小さい子が一人で屋台で朝食を食べているのはほとんど見かけたことがない。

楽しみは、たまにやってくるポン菓子屋さんと紙芝居屋さん。

ポン菓子屋さんは、お米をもっていくと機械に入れてポン菓子を作ってくれる。美味しくて大好きだった。

紙芝居屋さんは週に1回やって来た。いろんな物語の中で私が一番好きだったのは『三国志』だった。劉備の人情深いところや、関羽や張飛の義理堅く損得を考えないところが好きだった。辞書ほどの厚みがある『三国志』の上下巻を、小学2年の時にはすでに読み終えたのも、この紙芝居がきっかけだったな。

私が4歳の時、両親は離婚した。

父の顔は正直、覚えてない。覚えているのは怒鳴り声。両親がケンカするたびに私はおびえて部屋の隅で泣きながら、飛んできて割れたお皿を見ていたことは今でもはっきり覚えている。

両親の離婚後、生まれて間もない妹と私は母方の祖父母に預けられ、母は単身日本へ出稼ぎに行った。

おじいちゃんはマンジュウ工場を営んでいて、おばあちゃんが主に私たちの面倒を見てくれていた。

おばあちゃんはいつも1メートルくらいの竹定規を持っていて、怒るとすぐにそれで私のお尻を叩いた。家の中を走りまわったり、物をこぼしたり、いたずら書きをしたりするとすかさず竹定規が飛んでくる。いつも怖くてソファーの後ろに隠れるけど、見つかるとまた竹定規でお尻をひっぱたかれる。そんなものすごく怖いおばあちゃんだった。

妹は未熟児で生まれたため体が弱かった。祖父母は妹にかかりきりで、幼い私は常に孤独を感じていた。半年に1回程度しか帰ってこない母に「会いたい」「寂しい」という気持ちから母の匂いを感じたくて、毎晩母が着ていたパジャマを抱えて泣いていた。

母は帰国すると5日ぐらい家にいる。母の帰りを指折り数えて待っていた私は、その数日はべったりと母にくっついて、「もうどこにも行ってほしくない」と一時も母から離れなかった。

母は5人兄弟の一番上の長女で、妹が2人、弟が2人いた。母の一番下の弟であるTおじさんは私の唯一の味方だ。おじさんはバイクが好きで、たまに実家に帰ってくると、バイクでいろんなところに連れてってくれたりして、私のことを可愛がってくれた。

一度だけ母とTおじさんと3人で、当時台湾にできたばかりのマクドナルドに行ったことがある。私の中で一番大好きな2人が一緒にいてくれたあの瞬間は、幼少期のたった一つの楽しい思い出。

そんな大好きなTおじさんも台湾の徴兵制のため軍隊に入ることになり、私はまた一人ぼっちになってしまった。

ガキの頃の私

小学校に上がる前、5歳くらいの頃の私は近所の男の子たちとチャンバラごっこをして遊ぶような子供だった。

人形で遊んだ覚えはない。そもそも人形なんて買ってもらえないし、可愛い髪飾りなどはもってのほか。「そういうものは贅沢品だ」と思い込んでいて、欲しくてもねだれないような環境だった。

家の近所にピアノ教室があって、いつも覗きに行っていた。私と同じ歳ぐらいの女の子たちが楽しそうにピアノを弾いていた。その姿がとってものびのびとしていて、自由に見えた。私も習いたいと思った。でも誰にも言い出せずに、あきらめざるを得なかった。

やりたいことはできないし、欲しいものは買ってもらえない。幼い私はいつも大人の顔色をうかがっていた。

周りの子たちは36色の色鉛筆を持っているが、私は12色のまま。まぁ実際は36色も使わないと思うけど、皆が持っている、皆と違うということで疎外感に苛まれていた。とにかく羨ましかった。

女の子とのおままごとをすると、お父さんのために料理するお母さん役、子供が「パパ、パパ」と甘えられるようなお父さん役がいるけど、私にはそんな役はできなかった。だって知らないから。そのため女の子との遊びには入っていけなかった。

だから男の子と遊ぶほうが気を使わないでいられた。チャンバラなら新聞紙を使えばすぐ刀が作れるし、タダだ。カンフーの型を見よう見まねでやってみたり、とにかく強くなりたいと思っていた。強さだけの世界に、この頃から目覚めていたのかもしれないな。


祖父母は当時、未熟児で生まれたために病気がちだった妹ばかりをかわいがっていた。それを見ていた私は妹をうらやましく思い、妬んでいた。

でもある日、体の弱い妹がいじめられていたのを見て、妹を守ろうとしてケンカをした。相手は少し年上で、7歳くらいの男の子だった。ケンカでその子に怪我をさせてしまい、おばあちゃんにひどく叩かれた。

妬んでいたはずの妹を守ろうとした私は、どんな気持ちだったのだろうか。

ただただ、目の前で弱い者いじめをしている子が許せなかったのか。

お姉ちゃんとしての使命感？

たった一人の妹を守らなくてはという責任感？

いろんな感情があったはずなのに、どんな気持ちで助けに入ったのかは今もわからない。

ただ、自分の本能に従っただけなのかもしれないな。

親戚の家をたらい回しにされる

小学校1年の頃、おじいちゃんのマンジュウ工場がつぶれてしまった。

祖父母一家とは一緒に暮らせなくなり、私と妹はそれぞれ親戚の家に預けられることになった。いわゆる、〝たらい回し〟にされたのだ。

私が最初に預けられた親戚は、母のすぐ下の弟で、一番目のおじさん。

私はそれまでそのおじさんとあまり話したこともなく、なんとなく好きではなかった。

おじさんの家で暮らしはじめてしばらく経った頃のことだ。

おじさんに「お前の母親は、お前が邪魔で捨てたんだよ」と言われた。年端もいかない私にそんなことを言うなんて、おじさんも私が嫌いだったのかもしれない。

私は悔しくて、泣きながら「ママは違う、ママは違う」と、まるで自分に言い聞かせるかのように叫びながらおじさんに突っかかって行った。

するとおじさんに頭を掴まれて、窓ガラスに叩きつけられた。

あごに割れたガラスが刺さって、私は5針を縫う大けがをした。そのことが親戚で問題となり、今度は母のすぐ下の妹（おばさん）のところに預けられることになる。

その頃、祖父母と妹は、母を頼って日本へ引っ越した。確か私が小学校2年の頃だ。

おばさんのところには、私が日本に来るまでの約3年間お世話になった。

おばさんには私と同じ年頃の娘と、2つ下の息子がいた。

おばさん一家はとても仲が良く、私に対しても優しく接してくれた。ただ、逆にその家族の仲の良さを目の当たりにして、（やっぱり、私は他人なんだ……）と、疎外感と孤独を感じてしまっていた。

通っていた小学校で、私が台北市主催のミュージカルコンクール大会のメンバーに選ばれた時のことだ。

「衣装代がかかる」と言われ、すぐに断った。日本円に換算すると1000円もしなかったと思うけど、ガキの私には大金だし、お世話になっているおばさんに迷惑をかけられないと気を使い、誰にも相談せずに決めた。

それでも再度選ばれてしまったので、家庭の事情を説明したら、担当の先生がおばさんに話してくれて、ミュージカルに出られることになった。

ミュージカルコンクール当日、おばさんに髪を結ってもらい、化粧をしてもらっている時に、おばさんの優しさを感じて「おばさんがお母さんになってくれればいいなぁ」と本気で思っていたことを覚えてる。

おばさんへの気がねは拭い切れなかったけど、おばさんを信じて甘えてもいいのかもしれない。おばさんなら、わがままを聞いてくれるかもしれないと思った。

その時に欲しかったミッキーのデジタル腕時計を〝学校のテストでいい点が取れたら、買ってもらえる〟という約束をおばさんとした。私は必死に勉強を頑張って満点が取れた。

嬉しくてウキウキしながら家に帰ると、なぜかいとこが、私より先にその時計を付けていた。

（やはり私はこの家の子ではない、わがまま言っちゃいけない。我慢しないといけない）

その時、私はそのまま何も言わずに、ただただ隠れて泣いた。

今思えば、おばさんに「買って」って言えば買ってもらえたと思う。だけど、その頃の私はすべてに対して引け目や負い目を感じていた。

日本での小学生生活といじめ

日本語は「もしもし」だけを知っていた。日本にいる母から電話があるたび、最初に話す言葉だからだ。

小学校5年の夏、おばさんの家を出て、ようやく母のいる日本に来た。栃木県小山市にあるアパートで祖父母と妹、私の4人で新しい生活が始まった。

母と暮らすこと、それだけを楽しみにしていた私。でも現実は小山市の隣の茨城県古河市でおじいちゃんと2人でスナックを営んでいた母は、古河市内にアパートを借りて住んでいたため同居できなかった。

やっと一緒に暮らせると思っていたのに、夢にまで見た〝日本での母との暮らし〟だったのに……現実はそうじゃなかった。

相変わらず、おじいちゃんとおばあちゃんは妹をかわいがり、母と会えるのは〝年に2回〟が〝週に1回会えるか会えないか〟の状況になっただけ。日本に来ても私は一人で寂しかった。

夏休み中に、幼稚園生が使うようなひらがなドリルで、日本語を必死に覚えた。おじいちゃんは日本語を話せたので、最低限のあいさつの単語を教えてもらい、夏休みが終わると同時に5年生の2学期から小学校に編入した。

日本の小学校は、台湾の小学校とは全く違った。

台湾では制服に土足、朝には全員で国家斉唱。ランドセルもない。

はじめての登校日にピアスをして行った。台湾では小さい時からピアスをしてるのが普通だったけど、小山の小学校の同級生はびっくりしていた。日本語で何を言ってたのかよくわからなかったけど、ジェスチャーで「ピアスはダメだ」ってことがわかった。

日本では、言葉もわからないし文化や習慣も違う。慣れるのが大変だった。

幸い、担任の先生が漢文を理解できたので、学校生活でわからないことは、筆談をして教えてもらったりしていた。

クラスメートには仲良く接してくれた子もいたが、言葉がわからず、コミュニケーションがうまく取れなかった中で、編入して早々に一部の同級生からの嫌がらせ――いじめが始まったのだ。

いじめっ子たちは、最初は私を「台湾人、台湾人」と馬鹿にしてきた。負けず嫌いな私も「日本人、日本人」と応戦をしていたが、徐々にエスカレートし「台湾に帰れ」「死ね」と言われるようになった。

私の机には彫刻刀で「台湾人帰れ」「死ね」と刻まれ、ノートには落書きをされた。椅子に画びょうがまかれていた時もあった。

私がそばに行くと足をひっかけられて転ばされ、それをクスクス笑いながら見てきた。無視されるという場面もあった。

悲しかったし、それ以上に悔しかった。

言い返したくても言い返せない。私の方を見てひそひそと悪口を言っているのは感じるけど、何を言っているのかわからない。言葉がわからない苛立ち、反論したくてもできない悔しさ。知らない文化の中でどう振舞っていいのかわからない恐怖。みんなの目線が怖くて学校に行くのが嫌だった。

なんでこんなことをされるのかがわからなかった。台湾人だから？　私が日本人ならこんなことされなかった？

（やっぱり私は嫌われる存在なのかな……）

日本に来てもそう思ってしまうことがとっても悲しかった。それでも、どうしたらいいかわからなくて、やり返せずに我慢した日々が続いた。

ある朝、登校すると下駄箱から上履きがなくなっていた。

それを見た瞬間、私の中で何かが吹っ飛んでしまった。

今まで我慢してきたことが全部あふれ出し、私はクラス全員の靴を校庭に放りなげた。

先生にひどく叱られたが、それがきっかけとなり、いじめは徐々になくなっていった。

おばあちゃんの介護が始まる

やがて、「台湾語を教えて」と言ってくれたり、かおりって名前で呼んでくれる友達ができた。家に遊びに行ったり、休みの日に一緒に買い物に行ったりして、普通の女の子として接してくれる友達ができたことで、学校に行くのが楽しみになって来ていた。

ところが家では、私が6年生に上がる頃に、おばあちゃんの持病だった心臓病が悪化し、介護が必要な状態になってしまった。

おじいちゃんとお母さんは夜のお店があったから、私がおばあちゃんのことを看なければならなかった。学校から帰るとスーパーで買い物して、夕食の支度。妹とおばあちゃんの食事を作り、翌日の妹のお弁当を作る。

おばあちゃんの介護もした。

おむつを取り替えたり、体を拭いたり、発作の時の処置などをすべて私がすることになった。今でいう「ヤングケアラー」ってやつだ。12歳になるかならないかの小学生が、家族の介護をやらざるを得ない状況があった。

学校の勉強、日本語の勉強、それに家のこと、おばあちゃんの介護。（なんで私がやらないといけないの）と最初はそう思ってた。

小さい頃からおばあちゃんに甘えさせてもらえなかった。おばあちゃんの前だといつもビクビクして、見かけるとすぐに隠れてしまうほど怖かったし、おばあちゃんとまともに話したことさえなかった。

でも不思議なことに、介護していくうちにおばあちゃんのことが好きになってきていた。

今でも鮮明に覚えている思い出がある。

おばあちゃんは、介護をする私に申し訳がなかったのか、私の顔を見ながら涙を流していたことがよくあった。気分転換に一度、おばあちゃんを公園に散歩に連れて行き、ブランコにのせてあげたことがあった。

私は病気のせいでか細くなったおばあちゃんの背中をそっと押した。

（おばあちゃんが笑ってる……）

おばあちゃんの笑顔を初めて見たような気がする。

「どう？　怖くない？」

「大丈夫だよ、気持ちいいよ」

「おばあちゃん、今日は何が食べたい？」

こんな他愛もない話でもおばあちゃんは楽しそうな顔をしていた。

(喜んでくれてる。良かった)

この時のおばあちゃんの笑顔を思い出すと、涙がとまらなくなる。

私は、おばあちゃんとずっとそうしたかった。

ただただ、おばあちゃんに愛されたかった。

今になってそう気が付いた。


よくあの時におばあちゃんの介護をやれていたなって自分でも思う。当時は、「私がいないと」「私がやらないと」という気持ちや責任感の方が、「なんで私が」という気持ちよりも強かったのかもしれない。

でも本当は、自分が誰かに必要とされることが嬉しかったのかもな。

おばあちゃんの介護生活は、私が中学2年になるまで続いた。

第二章　自分なんていないほうが…

中学生時代。初めての恋

小学校を卒業して、地元の小山中学校に進学した。

中学生になると、日本語も多少流ちょうになり、コミュニケーションも取れるようになってきた。仲のいい友達とバドミントン部に入ったり、新生活を満喫していた。

中学入学式後の校舎見学で、美術室で授業中のS先生に一目ぼれをした。

S先生は黒縁のメガネがとっても知的な雰囲気を醸し出していて、見かけたのは一瞬だったが、私はその姿が忘れられなかった。

授業でわからないことがあるという言い訳を作って、毎日のように職員室に行っては、美術の授業とは関係ない理科や社会の内容を先生に聞いていた。

私の中にこんな積極的な一面があったなんて自分でも驚きだった。

職員室に積極的に勉強を聞きに来ている私を見て、周囲の先生も微笑ましく見守ってくれていた。S先生は相当大変だったと思うけどね（苦笑）。

S先生は一人暮らしをしていて、アパートからホンダのCBX400というバイクで通勤していた。それもカッコ良かった。

「S先生の誕生日を祝いたい」とお願いしたら、先生が駅まで単車で迎えに来て、家に連れてってくれた。先生の腰に手をまわしてバイクの後ろに乗る、これまでに味わったことのないドキドキ感となんとも言えない幸福感で胸がいっぱいだった。先生の背中は大きくて暖かかった。

S先生のために手作りのケーキを用意し、二人でお祝いをした。台所で片付けをしながら、(私はS先生のお嫁さんになるんだ)と本気で妄想をしてた。

もちろん、先生と生徒だから、それ以上の関係はなかったし、とっても純粋に、素直に好きだった。

毎晩必ずS先生に電話して、その日学校であったことの報告や、他愛もない話をした。当時、土曜日はお昼までの授業で、午後から部活がある人はお弁当持参だったから、私はS先生の分も作って持っていくようになった。

お弁当についてはさすがにS先生も困惑していたようで、「(私の)担任の先生に申し訳が立たない」と断られた。その時、やめればいいものの、私は凝りもせずになんと担任の先生の分までお弁当を作っていったこともあった。

S先生との時間が、私にとって日々の何よりの楽しみであり、唯一の安らぐ場所でもあった。

人生初の大失恋。そして「ヤンキー」への道

中2になった頃、突然、S先生が結婚することを知った。そして人生で初めての大失恋を味わった。

大泣きしながら担任の先生に「本当にS先生は結婚してしまうのか」と聞きに行った。そんな私をかわいそうに思ったのか、担任の先生は特別に私をS先生のクラスの生徒にまぎれて、結婚式に参加させてくれた。

羽織袴の先生はとっても幸せそうだった。式の途中、私は我慢できずにトイレで嗚咽するほどワンワン泣いた。寂しくて、悲しくて。

（また私は一人ぼっちになってしまった……）

家では相変わらず、おばあちゃんの介護と小学校5年になった妹の世話、学校に部活。日々、やらなくてはいけないことに追われていた。

相変わらず母は1週間に1回だけしか帰ってこない。週1で帰って来ては、1万円を置いてってくれていた。

ところが少し経った頃、おばあちゃんの病気が悪化して、入院することとなり、おばあちゃ

んの介護が必要なくなった。正直ほっとした気持ちもあったが、寂しさの方が強かった。

やることがなくなった私は、夜の時間が自由に過ごせるようになったこともあり、私と同じく親が夜家にいなくて、少しヤンキーなお兄ちゃんがいる、同じバドミントン部のゆき子とツルむようになった。

毎晩のようにゆき子の家に行くようになり、そこで初めてふざけ半分でたばこを吸った。

最初は吸い方も知らなくて、カッコつけてふかすだけだった。

（こんなのどこがいいのかな……）

とにかく介護から開放されたことと、友達と何かを共有していることが楽しかったのかもしれない。

「こうやって吸うんだよ」

ゆき子のお兄さんに吸い方を教えてもらった。

「煙を口の中に入れたら深呼吸だよ」

初めて煙を吸い込んだ時、すごく咳き込んでしまって、目の前がグルグル回って気持ち悪くなった。後悔と罪悪感がいっぱいだった。

だが、そのうち慣れてきて、母が吸っていたパーラメントをパクって吸うようになっていった。当然すぐに自分でも買うようになった。当時はまだ煙草は自動販売機で誰でも買えた時代。パッケージがかっこいいからセブンスターにした。当時は確か220円だったかなあ？

よく、空き箱（ボックスはなくてソフトパッケージ）を折って灰皿置きにしたり、ブラインドに挟んだりして飾っていた。当時のヤンキーの家にはよく見られる光景だったかも。

一つ悪いことをすれば、罪悪感が薄れ、行動は徐々にエスカレートしていく。

スーパーやコンビニで万引きをした。当時、タクティクスというコロンが流行っていた。四角い白い瓶に入っているやつだ。順番で万引きをしていた。

いつしかそんな仲間は同じ中学校で5人になった。

今はなくなったけど、家から徒歩10分くらいのところに大型スーパーマーケットがあった。そこには衣類コーナーがあって、学校帰りにみんなで行っては、試着室に何枚も服を持ち込んで、服の下に重ね着をして、何食わぬ顔で出ていく。アクセサリーも袖の中に隠して持っていく。ものが欲しいということ以上に、仲間と一緒に味わうスリルが欲しかった。

たまり場だったゆき子の家で、みんなでお酒も飲むようになった。ところが、私はお酒が弱かった。たったバドワイザー1本でベロベロに酔っぱらってしまった。

何とか家に帰ったが、お店が終わって帰ってきたおじいちゃんに酔っ払った姿が見つかった。ひどく怒られ、ぶっ飛ばされた。

「中学生がなにお酒飲んでるんだ！」

「普段、私のことなんか可愛がったことも、気にしたこともないくせに、ふざけんじゃねぇよ！」

私もおじいちゃんに向かっていった。

生まれて初めておじいちゃんに歯向かった。今までの我慢がとうとう爆発してしまったのだ。

それからは、おじいちゃんとのケンカが絶えなくなった。

ふすまやいろんなものが飛び交う派手なケンカだった。友達が遊びに来てそのケンカを目撃すると「かおりんちは激しいなー」と驚いていたっけ。

私はとにかくそんな家が嫌で嫌でしょうがなかった。

夜遊びが始まる

「今夜、駅前に行かない？」

いつものようにゆき子の家でたまっていると、誰かが言い出した。全員が賛同し、私たちは駅前に向かった。

夜の街はキラキラしていて、歩いているだけでウキウキしてくる。

私たちをナンパしてきた大学生と居酒屋に行き、おごってもらった。もちろん年はごまかして（笑）。これが夜遊びの始まりだったかな。

夜、出掛けるようになってくると、化粧も口紅もするようになり、格好も派手になっていく。当然、朝は起きられず、学校には遅刻するようになっていった。

私の変化に気が付いたおじいちゃんとはいつもケンカばかりして、ぶたれる時もあったけど、それでも変わることはなかった。むしろもっとひどくなっていった。

学校に行くと保健室にたまるようになった。

同じクラスの子が「かおり、給食どうするの？　保健室？」「今日は眠いから、保健室で食べる」と、よく持ってきてくれていた。

保健室のオキシドールをパクって髪の毛を脱色したけど、すぐに黒髪に戻した。

髪の毛の色に関しては、周りの仲間たちと差をつけたくて、あえて黒髪のままでいじらなかった。「茶髪の中に黒髪」って逆に目立つでしょうと思っていたから。

制服はブレザーだったので、いつでも短ランに出来るように裏側にボタンを縫い付けて、スカートは小山市にある改造制服屋「ＫＥＮ」ってところで買った。ここは地元のヤンキーご用達の店だ。店内には制服、特攻服、スカジャン、メリケンサック、チェーンなどさまざまなヤンキーアイテムが置いてあった。

私が買ったのは腰からくるぶしまで1メートル、隠しポケットのあるロンスカ（ロングスカート）。隠しポケットにはもちろんたばこを入れていて、先生に見つからないように普段はウエストの部分を折って短くして履いていた。折らずに履いているのが先生に見つかると「かおり、廊下掃除してくれてありがとうな」とそんな皮肉も言われることもあったな（笑）。

学校のかばんは帆布製の肩掛けかばんだった。今思えばかなりダサい（笑）。

肩のベルトの所をほつれさせ、いわゆるダメージってやつを作って、缶バッジをつけたり、マジックペンで〝最強〟とかいろんな単語を書いた覚えがある。かばんの中にはヤンキーご用達のチンチラを張った。私は赤色を張っていた。

そうなると、1こ上の3年の先輩にも目をつけられて、呼び出しを食らう羽目になる。

「2年のくせに、なに調子こんでんだよ」

「シメるぞ！」

私たちもひるむことなく歯向かった。

「なんだよババァ、やりたきゃやれよ！」

結局、その場はそれで終わり。私たちが言い返してくるなんて思ってなかったのかもしれない。

私たちをシメもせずに、3年生たちは帰って行った。

「なんだ、口で言うだけか。たいしたことねーなぁ」

と、完全になめきっていた。

3年にタンカを切ったことで私たちはすぐに学校中で有名になり、目立つ存在になっていった。

学校行事で完全燃焼

1年の時から不登校がちな友達・まゆがいた。まゆの家は学校のすぐ近くにあった。たまに学校を途中で抜けて、まゆの家でたまるようになっていた。

たばこを吸ったり、ファミコンでテトリスやスーパーマリオをして遊んだりしていた。

その頃の私たちは、学校をサボって私服に着替え、近くの小山遊園地に遊びに行ったり、うちのおじいちゃんの車を無免で運転したり、「チョンチャリ」――ビニール傘の開閉ボタンを取り外した細長い鍵のようなパーツで、それを自転車の鍵穴に差し込んでガチャガチャすると簡単に自転車がパクれた――をしては乗り捨てる。そんなこともやっていた。

まゆの知り合いが直結して（盗んで）きた原チャリにもよく乗っていた。

とにかくみんなでよく遊んでいた。

当時はやってたテレクラにもしょっちゅう電話をして、待ち合わせするフリで、やってきた男を遠くから見てからかったりする遊びもしていた。

その頃、私たちは〝小中五人衆〟（小中とは、小山中学校のこと）と名乗って学校で幅をきかせていた。

そんなことはやっていても、部活（バドミントン）だけはちゃんと出てた。

ガキの頃、やりたいことができなかった反動もあってか〝やろうと思ったことは、とことんやる〟というのがその頃の私の流儀だった。

だから大会にもしっかり参加して100％燃焼していた。

ある日、他校の男の子が来て、「かおりさんの親衛隊を作ります」と言われたことがあった。内心すごく嬉しかったけど、格好つけて、「好きにしな」とそっけない態度で返した。舞い上がっていることを悟られたくなかったのかもしれないな。

中学3年に上がると部活も引退となり、学校がつまらなく感じて、行かなくなる日が多くなったけど、学校の行事だけはちゃんと行っていた。学校の行事は部活と同じくらい好きだった。文化祭では、1、2年生の時はソロで歌って、3年の時は皆でバンドを組んで披露したりもした。

中でも運動会が一番好きだった。紅組と白組対抗の騎馬戦はまさに晴れ舞台！　一番上に乗って対抗チームの帽子を取りに行くゲームだった。誰も私の帽子は取りに来ないから、まさに取りたい放題。

運動会にはもう一つ、私を熱くさせるものがあった。それは応援団だった。

小山中学校の伝統で、地域でも割と有名だった。

運動会の4ヶ月前から紅組と白組の応援団の団員を募って練習をする。私は1年の時から参加していて、当然3年の時にも応募した。自ら団長に立候補をし、応援団長をやらせてもらっていた。

ツルんでいた不良仲間たちはそんな私を馬鹿にすることもなく、むしろ応援してくれてた。

「かおりがやりたいなら、いいじゃん」

「かおりは、いいんだよ。それがかおりなんだよ」

そう言ってくれたのがすごく嬉しかった。

「髪の毛も黒いし、応援団も学校の行事もなんだかんだやってるし、かおりってヤンキーなん？」

「ちょっとダサいね」

影でそんなことを言っていた子がいて、不良仲間たちはそいつを呼び出してシメたらしい。

そのことを後から聞いて、自分をちゃんと認めてくれる仲間の大切さや仲間がいること自体が嬉しくてたまらなかった。

応援団は、学校に朝早くから行って、放課後も遅くまで練習する日々が続いた。

練習に参加して1週間ほど経った頃、トイレでたばこを吸ってたのが先生にばれた。

「ここはお前のような不良がいていいところじゃない。応援団の恥だ。やめろ」

団員の前で往復ビンタをされ、激怒された。

「たばこはやめられないかもしれない。だけど応援団やっている間は絶対に吸わない。続けさせてください」

私は先生に必死で懇願した。団員の前で土下座をしてお願いした。

なんとか首の皮一枚でつながり、約束通り私は運動会が終わるまで、たばこ、夜遊びを一切しなかった。

なぜ私はそこまでしたんだろう。

せっかく熱くなれる、夢中になれることに出会えたのに、仲間たちも認めてくれたのに、無駄にしたくなかったのかもしれないな。

シンナー

運動会が終わり、当然のことながら、私たちは学校に行かなくなった。

たまに行けば服装チェックと持ち物検査をされ、もちろん違反しているわけだから校門で返される。

そうすると学校の近くに隠してあった原チャリで3ケツして、まゆの家にそのまま行ってたまる。そんな日々を過ごしていた。

ある日、誰かがボンドを入手してきた。「吸ってみようか?」という話になった。

ボンドやシンナーなんて体に悪いに決まってる。だが好奇心が勝り、吸ってみることになった。

初めてだから見よう見まねでみんなでやり始めた。透明のビニール袋にボンドを入れて口に当て、袋を膨らませて、息を吸ったり吐いたりして吸い込んだ。

しだいに目が回り始め、吐き気が止まらなくなった。口の中がとにかくネバネバして、すごく気持ち悪かった。つまり最悪だった。全然気持ちよくはなかった。

こんなもの二度とやらない、と思っていたのに……みんなでたまると、またやってしまう。

「みんなと一緒にやってるから」と、そのうち罪悪感も気持ち悪さも薄れていった。回数を重ねることにだんだんと気持ちよくなって、幻覚も見るようになっていった。はじめは誰かが持ってきたボンドを吸っていたが、ボンドが手に入らないと自分で調達をするようになった。そんな風にエスカレートした結果、私自身がホームセンターでボンドを万引きして捕まってしまった。

警察署に母が来てくれた。母は、おまわりさんの前にもかかわらずズボンのベルトで私を叩きながら罵声を浴びせた。

「みっともない、なんてことをしてくれたの、恥ずかしい」

すごい勢いでベルトでたたかれながら、私はただただ黙って正座をして、一切反応はしなかった。その様子を見かねたおまわりさんたちは母を止めてくれて、その場はなんとか収まった。

家に帰ると、おじいちゃんと母にまた怒られた。

「悪い友達といるから、悪くなるんだ」

「警察に捕まるなんて、恥ずかしい」

「シンナーまで吸って、この不良が！」

また叩かれた。

「恥ずかしい？　警察に捕まったから？　友達が悪い？」

世間体しか考えてない母。私のことを何もわかってないくせに……。そんな母をうとましく感じていた。なによりも、私の大切な仲間、友達の悪口が許せなかった。

「うるせぇんだよ、今までほったらかしだったくせに、母親ヅラすんなクソババァ‼」

母に対して、初めて口に出した反抗だった。

一度反抗してしまうと、どうでもよくなってしまう。それまでは、母に対する多少の罪悪感や、怒られたくないという気持ちがあって、何とかバレないように隠れて悪いことをしていたのが、反抗してしまったことによって、堂々と悪事を働くようになっていった。

（親が怒ろうが悲しもうが、もうどうでもいい……）

そんな感じで、ますます家にも学校にも寄り付かなくなり、シンナー、万引き、夜遊び、カツアゲなど、誰が見ても「不良少女」になっていった。

でも補導されても、母かおじいちゃんが迎えに来てくれていた。

問題を起こすたび学校から呼び出される母は、私より出席日数が多かったかもしれない。

『ビー・バップ・ハイスクール』との出会い

たまり場だったたまゆんちに、当時はやってた『ビー・バップ・ハイスクール』の漫画があって、暇だったのもあり読み始めた。ざっくりいうと、不良たちがケンカでのし上がっていく物語だ。

ガキの頃は単純で、漫画の世界にすぐハマった。

私ものし上がりたい！

一番になりたい！

そう思うようになった。

『ビー・バップ・ハイスクール』『花のあすか組』『ホットロード』など、いわゆる不良漫画に私たちは感化され、仲間たちと『ビー・バップ・ハイスクール』の映画を見た後は、全員がガニ股で歩く、というぐらい影響された。

そして小中5人衆を小山で一番にしようと思うようになった。

「タイマン張って、小山を仕切らない？」

私がそう言いだすと、ゆき子も乗ってきた。

「南中の奴らが調子こんでるからシメてやっか！」

「いいね、やんべー」

みんな賛同してくれた。

どうやら、私たちは全員ビーバップにハマったらしい（笑）。

まゆは顔が広く、すぐに南中の奴らを呼び出してタイマンをすることになった。

近くのスーパーの駐車場で待ち合わせをした。こっちは5人で相手も5人いた。

「どうする、かおりは誰とやる？」

私はパッと見て、一番強そうなやつを指さした。

「てめぇとやってやるよ。小中のかおりだけど、てめぇなんつんだよ！」

「南中の理恵だよ、相手にしてやるよ、かかってこいよ！」

のちに理恵は私の大親友になることをこの時は知る由もなかった。

こんな自己紹介（？）をしながら互いの襟首をつかむと、私が理恵の顔面目がけてパンチ。

タイマンの場合はいかに早く相手より先に殴れるかどうかで勝敗が決まるらしい……と、どれかの漫画に描いてあったような気がする。

初めてのケンカだった。とにかくお互い無我夢中で殴りあって、怒鳴りあって、Tシャツがボロボロになるぐらいもみ合った。心臓が飛び出そうなぐらいバクバクして、恐怖、痛みを感じる余裕もなく、とにかく興奮した。何日もご飯を食べていない子供のようにむさぼりついてるようだった。

「やばい、にげるぞ！」

遠くで声が聞こえる。はっと気が付くと仲間たちが私を止めに入っていた。

「なんだよ、邪魔すんな」

「やべえんだよ、かおりのおじいちゃんが来たんだよ、はやく逃げるぞ」

ゆき子が指さす方に目をやると、なんとおじいちゃんがいた！

「やべぇ、うちの母ちゃんもいるよ」

なんと理恵んちのお母さんも来ていた。

どこから聞きつけたのか、タイマン張った同士の親が来るなんて！

勝敗が付かないうちに、私たちは一目散にチャリで逃げた。

逃げてる時も、さっきのケンカを思い出しながら、「あの時にパンチをもっとこうすればよかった」とか「なんでちゃんと蹴りを入れなかったのか」とか「次のタイマンはこうしよう、あーしよう」……と勉強じゃ絶対やらないような予習復習をしていた。とにかく興奮が冷めなかった。

この日、ケンカに目覚めた私がいた。

もっと強くなりたい

まゆんちに逃げた私たちは今後について話し合った。

ケンカに強くなるためにはどうするとか、今度はどこの中学とやるとか、根性をつけるためにどうするとか、興奮しながら話した。

たばこのフィルターを腕に乗せて火をつけて、燃え尽きるまでそのままにする「根性焼き」をみんなでつけた。

その後も私たちは、他校の生徒を呼び出してはケンカを吹っかけるが、ケンカ相手とはいつの間にか仲良くなっていった。

最初にタイマン張った理恵とも小山駅で偶然出会い、自然と話ができて仲良くなった。勝敗をつけてないけど、勝ち負けにこだわらないいわば戦友みたいな関係が生まれる感じだった。

こうして、私たちは小山で名を知られ、どんどん調子こんでいった。夜遊びしていて、チャラいヤツを見つけてはケンカを吹っかけた。

女の子はたいてい歯向かってこない。標的はチャラ男になった。ナンパしてくるようなヤツとか、格好が調子こんでいるヤツとかだ。とにかくケンカがしたくてうずうずしてた。常にポケットに100円ライターを持っていた、握りながら殴ると力が入り、骨折しないらしい。バッグの中には大きめの石を入れていて、力の強い男がいたら、バッグで顔面目がけてスイングしてから急所を狙う。最終的に土下座をさせるのが快感だった。

とにかく強くなりたくて、電信柱を殴ってこぶしを鍛えたり、弁慶の泣き所って言われる足のすねをビール瓶でたたいたりして鍛えた。

小山でもの足りないと、おじいちゃんの車を勝手に乗って他の町まで遠征していた。街を歩いていて目があっただけでケンカを吹っかけていく。今思えばその頃の私は本当に尖っていた。

もっと強くなりたい。有名になりたい。のし上がりたい。

いつしかそう思うようになっていった。

ある日、宇都宮で友達とカラオケをした時のこと。帰ろうとしたら駐車場でケンカを吹っかけられたことがある。

相手は茶髪で、いかにもヤンキー姉ちゃん。歳は聞いてないけど、少し上のような感じがする。

「おめぇ、どこだよ。ここどこかわかってんのかよ、調子こんでんじゃねぇぞ」

向こうがいきなりそう言ってきた。

「は？」

よっしゃ、キター！　ケンカだ！　内心ウキウキしながら言い返す。

「なんだてめぇ、こっちは小山だよ」

「小山？　じゃ、かおりって知らない？　私友達だから、てめぇひどい目に合うよ」

と、その女が言った。

（あれ？　私、こんな友達いたっけ？　小山で私以外にかおりっていたっけ？）

どう考えてみてもこんなヤツは知らない。私、記憶障害になったのか？　でも、とりあえず面白い展開だ。

「かおり？　誰それ、知らねぇよ。だから何？　連れて来いよ」

襟首を掴みながら、ボコボコにして、最後まで名前も正体も明かさずに帰ってきた。

「かおり、名前言ってやりゃいいのに、そしたらどういう顔すんのか見たかったよ」

帰り道に友達がそう言ってきた。確かにそれは見たかったかも……。

それよりも（私の名前がこんな所まで広がっていたんだ）と素直に嬉しかった。

最初の家出

中3の秋、その日は妹の誕生日だった。母は妹にケーキを買って帰ってきた。

母は風邪をひいていたらしく具合が悪そうだったのに、それでもケーキを妹に届けにきた。

私の誕生日には一度だってケーキなんか買ってきてくれたことがないのに、みんな妹にばっかり……小さい頃からずっとそうだった。激しい怒りと、嫉妬と悲しみがわき上がった。

（やっぱ私はどうでもいいんだ、この家には私なんかいらないんだ！）

その夜、私は家出をした。

友達の家を転々とした。お金もないし、学校も行けない。

（私は自立して一人で生きていくしかない）

そう思って、自宅から離れたラーメン屋でバイト募集の張り紙をみて、偽の履歴書を書いて、ゆみって名前でアルバイトをすることになった。

ラーメン屋のおじさん、おばさんはとってもいい人で、お昼のまかないだけじゃなく夜ご飯まで作って持たせてくれた。

「ゆみちゃんが来てくれてよかった。うちの看板娘だね」

と、とってもかわいがってくれた。そんな2人を見て、嘘をついているのが心苦しかった。

バイトをはじめて10日ほど経った頃、店の入り口に担任のY先生がいるのが見えた。私は慌てて裏口から逃げた。

（やばい、連れ戻される。おじさん、おばさんにバレる……）

でもこのまま逃げるというわけには行かない。2時間ぐらい経った頃にお店の裏口に戻った。

中を覗いてみると先生が、おじさん、おばさんに事情を説明していたところだった。

「ゆみちゃん、中学生だったの？　一生懸命に働いてくれてたのよ、すごくいい子だよ」

おばさんがそう言ってかばってくれたのが聞こえてきた。

涙がとまらなかった、裏切った私のために……。申し訳なさでいっぱいになり、私は渋々お店に入った。

「……ごめんなさい」

それがやっと絞り出した言葉だった。言い訳もできない。怒られて当然のことをしたのだから。

だけど、おじさんとおばさんは私を責めることなくこう言った。

「卒業したら、アルバイトにおいで」

とても暖かいその言葉に、私はその場で泣き崩れた。

おばさんは私を抱きしめるとバイト代を渡してくれた。渡された封筒の中には、2万5千円も入っていた。

「そんなに働いてないし、嘘をついてたのに……給料なんかもらえないよ」

「いいの、取っといて。頑張ってくれてたんだから」

おじさん、おばさんの優しさには感謝してもしきれない。温かい気持ちになったのと同時に、とにかく申し訳なさで胸がいっぱいになったことを覚えてる。

先生に連れられて店を出てから、私は家出の事情を説明した。先生はずっと、放課後に私を探していたらしい。母もすごく心配していると聞かされた。

たまたま生徒の父兄が私を見かけて、学校に知らせてくれたらしい。

先生と一緒に家に戻ると、母とおじいちゃんが待っていた。怒られるのを覚悟していたけど、何も言われなかった。家出の理由も聞かれなかった。なんだか腫れ物に触るかのようにやたら優しかった。

でもその優しさが、私には歯がゆく感じた。もっと怒られたかった。家出した理由をちゃんと聞いてほしかった。本気で心配してくれた姿を見せてほしかった……。

後日、先生にお願いして、お世話になったラーメン屋に行き、バイト代から先生にラーメンをごちそうして一緒に食べた。

中学卒業

中学の卒業式の日、母は「恥ずかしい」と言って来なかった。

担任のY先生が私に向かって言ってきた。

「今年の卒業式はお前のせいで泣けない」

Y先生は熱血教師そのもので、怖かったけど、みんなに愛される先生だった。たばこが見つかっては、ビンタされ、怒られた。でも先生のことは大好きだった。憎めなかった、と言うべきかもしれない。なんだかんだ言っても、ちゃんと私のことを見てくれていたことに感謝している。

「今まで、いろんな生徒を見てきたけど、お前が一番手がかかった」

そう言って、先生は悲しそうな顔をした。

卒業後、私は職安で紹介してもらった地元の工場で働くことになった。

高校には行きたくなかった。とにかく一刻も早くお金を貯めて、自立をしたかったからだ。

ゆき子も同じ工場だったが、なんと初めてタイマンをした理恵も同じ工場。

初任給は10万円ほどもらえた。初めてちゃんと仕事をしてもらった給料が嬉しくて、お菓子を買って、中学校に持っていってY先生に「これ食べて！」と渡した。

先生はお菓子を食べながら嬉しそうに言ってくれた。

「かおり。お前は、本当は学校が好きなんだなぁ」

先生の目からは涙がこぼれていた。


でも工場の仕事はつまらなくて、結局2ヶ月しか持たなかった。

仕事を辞めてからはモヤモヤした気持ちでまゆんちに行ってはシンナーを吸い、家に帰ってはおじいちゃんとケンカをする毎日だった。

好きだった先輩の死が教えてくれたこと

地元の男の先輩とも、よくみんなで公園にたまってシンナーを吸っていた。

ちょっといいなぁと思っていた、ゆきおさんもその一人だった。私の3つ上で、優しくて格好よかった。ゆきおさんによくシンナーを分けてもらっていた。

ゆきおさんは私のことは何とも思っていなかったかもしれないが、当時の私はゆきおさんに会いに行くのが楽しみだった。

ある日公園に行くと、みんながざわついてた。

「やべぇよ、ゆきおさん死んじゃったよ」

聞こえてきたその内容に（え？　今なんて？）と自分の耳を疑った。

「単車の3ケツで一番後ろに乗ってて、トラックに巻き込まれて即死だって……」

単車を運転した奴も相当ラリッってて、そいつは無事だったけど、真ん中に乗ってたやつも足を切断するほどの大事故だったと、周りがそう言ってたのが聞こえてきた。

（まさか、冗談でしょう……）

信じられない気持ちでいっぱいだった。

（あのゆきおさんが死ぬなんて）

ショックすぎて涙もでなかった。

お葬式の日、火葬場まで行って、ゆきおさんとのお別れを惜しんだ。

火葬して出てきたゆきおさんの骨は色鮮やかだった。ピンクに紫、青、黄、いろんな色に変色していた。ずっとシンナーを吸っているとそうなってしまうらしい。

ゆきおさんの骨は拾うこともできなかった。ボロボロで、お箸でつかむことができなかったのだ。

最終的に火葬場の係りの人たちが箒とちりとりで集めて、何とか骨壺に収めた。

ゆきおさんのご両親はそれを見て泣き崩れていた。私も号泣していた。

（うちの家族もこうして泣くのかなぁ）

ゆきおさんがそう教えてくれたような気がする。そして、「シンナーやめなきゃ」と思い始めた。


タイミングよく母に「お願いだから、シンナーとたばこをやめて」と言われた。

「シンナーはやめるけど、たばこはやめられない」

どうせシンナーはやめるつもりだったから、軽い気持ちで返事した。

母にとって苦渋の選択だったのだろう。なんと次の日、母はたばこを1カートン買ってきてくれた。

そこまでしてくれると思わなくて、びっくりした。そして母との約束を守るために翌日にシンナーをやめた。

男に絶対負けたくないと思ったきっかけ

ある日、中学の同級生の男の子に誘われて一緒に酒を飲むことになった。

居酒屋に行ったら、隣の席に偶然、そいつが知っているやくざが2人。同級生がいたせいか、なんの警戒心もなく一緒に飲むことになった。

「帰り、送ってくよ」

やくざの一人が言ってきた。

「いいっすよ。原チャリで来てるんで、大丈夫っす」

「いいからいいから」

半ば強引に車に乗せられるとそのままラブホテルに直行、やくざ2人に担がれて部屋に連れ込まれた。

「やめろよ、てめぇら。汚い手でさわんじゃねぇよ！」

「黙れガキ、静かにしろ」

私は無理やりベッドに押し倒され、押さえつけられた。部屋の端っこにいた同級生は怖かったのか何もできずにただ立ちすくんでいた。

（やばい、やられる）

そう思った私は観念したかのように言った。

「わかった、やりたきゃやれよ。その前にトイレいかせて」

この場をどうやって乗り切ろうか、とにかく時間を稼ごうという苦肉の策だった。

「おお、行けよ、あんまり待たせんなよ」

薄気味悪い笑みを含みながら一人のやくざが言ってきた。

トイレに入って、鍵を閉めた。

（このまま朝までいれば助かるかもしれない）

（いや、ドアを壊されたらおしまいだろ）

（頭を壁に打ち付けて、流血騒ぎをすれば、焦るかも）

いろいろ考えていたら、ふとトイレの窓が目に入った。

私の頭の少し上あたりに、斜めに開けられる小さな窓がある。あそこから逃げられるかもしれない。でも、私の体が入るのか？　とにかく上ってみるしかなかった。

便座を足場にして窓の外を見たら、部屋は3階だったため、下まで7～8メートルぐらいの高さがあった。荷物も靴も部屋にある。

（そんなことはどうでもいい、とにかく逃げないと）

なんとか窓に足をかけて、飛び降りてしまおうかと思ったけど、この高さはさすがにビビる。周りを見ると下水道のパイプがあった。

私は運動神経がそんなに良くなくて鉄棒にも登れないのに、火事場のバカ力とやらは凄いもので、アクション映画さながらにパイプを伝って、何とか脱出することができた。

もし、あの時トイレに窓がなかったら……今思うと恐ろしい。とにかく私は逃げられたのだ。

裸足のまま1時間かけて歩いた家までの道のりで「絶対に、男には負けない」と、この時に私は決意した。

16歳でスナックの雇われママになる

その頃、新しいたまり場ができた。小山のヤンキー連中がたまっていて、そこに行くと必ず不良仲間の誰かがいる、そんなところだった。よく覚えてないけど、誰かんちにあったプレハブ小屋だったな。

そこに行ったり、族の集会を見に行ったり、相変わらずフラフラしている私を見かねて、母が「お店に手伝いに来て」と言ってきた。それで母のスナックを手伝うことになった。

でも、遊びたい盛りの私は、お店には行ったり行かなかったり、行けば行ったで母とケンカして帰ってしまう始末。

「くそばばぁ！　誰が生んでくれって頼んだ！」

反抗期のお決まりのセリフがケンカのたびに出てしまう。

「お前なんかいらない、生まなきゃよかった！」

とうとう、その言葉を母から聞くことになる。

「上等だよ、いなくなりゃいいんだろう！　出てってやるよ」

そのまま、私はまた家出をした。

家を出た私は、お金もなく、住むところもなく、途方にくれていた。

そんな時、知り合いに隣町にある寮付きのスナックを紹介してもらった。

お店はカウンターが5席と、4人がけのテーブルが2つの小さなお店。

午後7時～朝4時まで営業で、日曜が休み。

そこで、私は年をごまかし、偽名で働くことになる。

従業員は私だけだった。仕入れ、店の掃除、おつまみやお通しの仕込みも全部ひとりでやらなければならない。給料は16万だったが、使う時間もない。

午後6時にはお店に行き、朝方の5時に寮に帰る。そんな日々だった。

店の客層はさまざまで、近所のおじさんたちや不良っぽい男の子たち。お店はそれなりに繁盛していた。

大変だったが、初めて自立できた気がして、楽しかった。

そこで、のちに私の人生を変えてくれた、なみ先輩と出会う。

なみ先輩は5こ上で、同じ地元でもあった。お店のオーナーと知り合いで、たまに飲みに来ていたのだという。女性なのに、CBR400を乗りこなす姿がとってもかっこよかった。

すぐになみ先輩と仲良くなり、休みの日は先輩んちに遊びに行ったり、本当によく面倒を見てくれていた。

いつしか私も単車に乗りたいと思うようになった。

「かおり、この雑誌知らない？」

そう言って『ティーンズロード』を初めて見せてくれたのもなみ先輩だった。『ヤングオート』『チャンプロード』そして『ティーンズロード』。かっこいいバイク、車。

そこに載るのはすごいなぁ。当時は一読者として雑誌の向こうの人たち、自分とは別の世界にいる人たちとしか思わなかった。

母のもとへ

5ヶ月ぐらい経った頃、どこからともなく噂が飛び込んできた。

母が毎日、小山駅で私を探しているという噂だ。

（まさか？　あの母が？　私のこと「いらない」って言ったのに……！）

半信半疑で小山駅に行くと、本当に母がいた。

陰に隠れて見た母の姿は、とっても悲しそうに、寂しそうに見えた。

その時、母に見つかって、私はとっさに逃げてしまった。

「かおり、お願いだから戻ってきて、ママが悪かったから、お願いだから！」

母が後ろから泣きながら追いかけてきた。

背中でだんだんと遠くに聞こえる母の叫び声を聴きながら涙があふれ出た。

（なんで？　どうでもいいって言ったじゃん。いらないって言ったじゃん）

なんとか振り切り、寮に戻ると、先ほどの母の姿が目に浮かんできて涙が止まらなかった。

「もう帰ろう」

そう決めて、お店のオーナーに事情を説明し、私は家に戻った。

家に戻った私に対して母は何も言わなかったが、ホッとしているのが表情から見てわかる。照れくさくて、恥ずかしくて、お互い何も言えなかったが、小山駅での母の姿がすべてを語っていた。

そう！　私は〝心配されたかった〟のだ。

その後、私は母がスナックをやっている古河市のやくざの親分の姐さんのところで預かりの身となった。母が言うには

「私じゃ手に負えないから、姐さんにかおりの面倒をお願いした」

とのことだった。もういい加減母に心配をかけられないと、私は姐さんのやっているスナックで働くことになった。

姐さんはとってもいい人で、本当の娘のように接してくれていて、かわいがってくれていた。

スナックで働きだした半年後、私の人生最大級のできごとが起こる。

レディース暴走族「**女族**」の立ち上げだ。

第三章 女族。そして仲間との出逢い

女族を立ち上げる

古河のスナックで働きだしてから、小山に行くこともなくなっていた。

何人かの仲間とは連絡はしていたが、ふと自分の目で見たくなって約半年ぶりにたまり場に行ってみた。

小山はだいぶ変わってしまっていた。

シンナー、男、ケンカ。さまざまな理由で仲間たちはバラバラになっていた。

なんかつまらない。昔はあんなに楽しかったのに……。

たった半年でみんなすっかり変わってしまったことが寂しくて悲しかった。

そのことをなみ先輩に相談した。

「かおり、レディースを作ってみれば？」

「え、レディースですか？」

衝撃的な提案だった。自分では考えたこともなかった。

でも、なみ先輩の提案を聞いてすぐに「そうだレディースを作ろう！」と決断した。

さっそく小山のタメ、1こ下、2こ下を集めた。

「ねぇ、レディースやろうよ」

「いいよ、やろうやろう」

仲間たちはみんな快く賛成してくれた。まず決めるのは特攻服の色だ。

「特攻服は黒がいい！」

私がこう提案したところ、

「え！　ダサいよ、白にしようよ」

「黒の方が硬派でいいじゃん」

誰も黒に賛同してくれない……。

「じゃ、かおりだけ黒でいいじゃん」

「うん、そうするよ。1こ下、2こ下はどうする？」

「私たちは紫がいいス」

あっという間に特攻服の色は決まり、あとはチーム名。

「男の族は北関東硬派連盟貴族院・神風連。同じ小山だし、私たちは女の族だから〝北関東硬派連盟貴族院・女族《じょぞく》〟はどう？」

「いいね！　かっこいい」

当時、母が古河市に家を建て、私たちはそこに引っ越しをしたばかりだった。新築の和室に集まった総勢20名ほどの仲間たちとともに、こうして「北関東硬派連盟貴族院・女族」が結成された。

ルールは「シンナー厳禁」「特定の彼氏以外厳禁」「捕まって、仲間を売るのは厳禁」。

「頭どうする？　誰がやるん？」

「かおりが言い出したんだから、かおりでしょ」

「うん、頭やる。やりたい」

こんな軽い感じで役割が決まっていった。

「じゃ、1ヶ月後までに特攻服を作り上げるように」

と、最初の号令をかけた。

中学時代からなじみのショップ「KEN」で、すぐに特攻服を作ってもらった。

みんな、刺繍で言葉を入れたり、定番のバラの刺繍を入れたりしてもらってた。

私は、あえてシンプルに特攻服の裾にファイヤーパターンをいれた。私には言葉などいらない、生き様が言葉になる。そんな恰好をつけた私だった。

刺繍だけで総額8万円かかったと思う。

小さい時にかわいがってくれたTおじさんが日本に引っ越してきていた。おじさんは相変わらずバイクが好きで、ヤマハRZ250に乗っていた。それを私が譲りうけることになった。もちろん単車の免許を取ってからの約束だったが、どうせ捕まったら免パー（免許取り消し）だし、内緒で乗り回していた。

RZはほとんどイジってなかったから、集会にはたまり場にあった原チャリで出ていた。月2回ほど市内を流した。

国道を走っていると、トラックから嫌がらせを受けたりもした。ワンカップの瓶やゴミが飛んできたり、幅寄せされたり。それはそれでスリルがあって面白かった。特におまわりに追いかけられる時にはみんなで一目散に逃げる。そしてたまり場に集まって朝まで騒いだ。

こうして仲間たちとまた一緒にいられることが嬉しくて、楽しかった。

1こ上の先輩からの呼び出し

女族を結成して2ヶ月くらいが経った頃だった。

「『ティーンズロード』に応募しといた、取材に来てくれるって」

なみ先輩がこんなことを言った。

「え！　あの『ティーンズロード』に載れるの？　やった、記念になるじゃん」

それを聞いた私たちは「憧れの雑誌に載れる」と大はしゃぎして喜んでいた。

ところが、雑誌が取材に来ることを聞きつけた1こ上の女たちが、私が働いてるお店に電話をかけてきた。

「てめぇ、なに勝手にレディース作ってんの？　今の現役はうちらだかんね、私の男が今の神風連の頭だからね」

電話口でこんな因縁をつけてきた。私もタンカを切った。

「だからなに？　作りたきゃ、てめぇが勝手に作れよ」

「おめぇら全員シメてやっから、◯◯公園に来いよ！」

「上等だよ、てめぇら全員まとめて相手にしてやっから！」

そう言って私は電話を切ると、お店のママに言った。

「ママ、ちょっとケンカしてくる」

ママはびっくりした顔をしている。

「かおりちゃん、どこ行くの？　大丈夫なの？　危なくない？」

「平気だよ、すぐやっつけてくっから、大丈夫！　私、強いから」

ケンカしてた頃のワクワク感があふれ出てきてニヤニヤしながら答えた。

さっそく理恵に電話した。

「今、1こ上のやつらに呼び出されたけど、ちょっと行ってくっから」

公園には一人で行こうと思っていた。

「一応これでも頭だし」

「なんだよ、かおりが一人で行くことはないだろ、私たちも当然一緒に行くっしょ。1こ上だのなんだの、そんなでっかい面させられねぇだろ」

そう理恵が言い出してくれた。

誰一人ひるまずに、一緒に戦ってくれる。自分にそんな仲間がいることが心強く、誇らしかった。

私たちは、めちゃめちゃテンションを上げて公園に行った。

ところが、1こ上のやつらは待てど暮せど一人として現れない。すっかり拍子抜けした私たちはムカムカしながら帰った。

「そんな根性もないやつらなんて相手にしてもしょうがない」

そう自分たちに言い聞かせた。

後から聞いた話だと、神風連の頭に、「同じ地元なんだから仲良くやれ」と言われたらしい。結局そんなもんなんだよな、なんだか拍子抜けした。

『ティーンズロード』との出会い

『ティーンズロード』の撮影当日。

ケンカを売ってきた1こ上の女たちが赤い特攻服を着て、撮影現場の公園にやってきた。

「なんだあいつら、なに来てんだよ」

そう、私たち女族に断りもなく、乗り込んできたのだ。

「おい！　てめぇら、何しに来たん？」

このままケンカが勃発するかって時に、なみ先輩が仲裁に入った。

「かおり、ここはしょうがねぇから立ててやりな」

お世話になっているなみ先輩が仲裁に入ったこと、それに取材陣も来てくれていることもあって、その場はなんとか我慢して、泣く泣く〝初代〟の座を1こ上に引き渡した。

今だから言うけど、この時のこいつらのせいで特攻服の上着が着られなかった。〝2代目〟って刺繍を直す羽目になってしまったから。

撮影後、「今後は一切かかわるな、でしゃばるな」と約束をさせ、承諾させた。

こうして、幻の初代はたった数時間で消えていった。

『ティーンズロード』の影響はすざましく、女族はあっという間に栃木、茨城など近隣の県で名を知られるようになった。

それを知った地元のやくざが「女族のステッカーを作ったから、1枚3000円でさばけ。上納金をはらえ」と言ってきたりした。

当時、怖いものなしで〝いつ死んでもいい〟と思って捨て身状態だった私は、一人で事務所に出向いて直訴した。

「ステッカーも売らないし、ケツもちもいらない」

単身やくざの事務所に行ったら何をされてもおかしくない。それでも気合を入れて一歩も引かなかった。

「女でこうやって直談判に来るのは根性がある。今後なんかあったら言えよ」

私は何もされなかったどころか、逆に組長に気に入られてしまった。

その後ももちろん頼ることはしなかったが、狭い町ではすぐにこの話が広まった。

「かおりはやばい。かおりになんかあったら300人集まるよ」

こんな噂まで流れ始めた。

当時は〝男なんていらない〟〝邪魔くさい〟と思ってはいたが、さすがにそんな噂が流れだしたらますますモテなくなっていった。誰一人寄ってこない。

だけど、この時の私はかなり有頂天になっていた。

生意気で、男勝りで、怖いものなんてなかったのだ。

だがそんな気質が災いとなったことがあった。

やくざに拉致された

夜、むしゃくしゃしている時に、一人で単車で流すのが好きだった。

その日もいつものように流してたら、後ろから白いクラウンがパッシングして嫌がらせをしてきた。

「煽《あお》ってんじゃねぇよ」

私が単車を止めてタンカを切ると、いかにもやくざって感じのおじさんが2人クラウンから下りてきた。

「なんだ、このくそアマ」

内心やばいと思ったが、今さら逃げられない。向かっていくしかない。

「さっきから、煽ってんじゃねぇよ、くそじじぃ」

「くそアマ、イキがってんじゃねぇぞ」

そう言われた次の瞬間、無理やり車にねじ込まれた。

暴れれば暴れるほど、押さえつけられて身動きが取れない。

「てめぇみてえなガキはしつけを教えてやんねぇとな」

（こいつらは本気だ、やられる）

そう思った私は、〝もうどうでもいい〟と、やられる覚悟をした。

「上等だよ、やれるもんならやってみろよ」

どうせ死ぬんだったら、かっこよく。

もしかしたら、回されて、クスリ漬けにされたり、風俗に売り飛ばされたりするのだろうか。いろんな想像が脳裏を駆け巡った。

小さい平屋のアパートに連れていかれた。

部屋に入るといきなり顔面を殴られた。

「誰に向かって口を聞いてんだぁ、こら」

（え！　そっち？　回されるんじゃないんだ）

あっけに取られている私の腹に、やくざは蹴りを入れてくる。

「てめぇみたいなクソガキは、ボコボコにやられねぇとわかんねぇんだよ」

よろけて倒れこんだ私をまたさらに蹴って、踏みつけてくる。

息が苦しくて、声も出ない。私は初めて殴る蹴るの暴行を受けた。

どのくらい時間が経っただろうか。息を吸うと苦しくて、口の中に血の味がした。

「おいガキ！　わかったか？　あんまり調子こくんじゃねぇぞ。ほらもう帰れ」

「は、はい」

一礼をして、私はやっと外に出られた。

(ぶっ飛ばされただけで済んだ……)

ホッとしたのか、横っ腹が痛いことに気づいた。

(あばらをやられたか)

そう思いながら、ケンカを売る相手も少しは考えないとなぁ、と調子こんでた私は少し反省をしていた。

なんとか単車にたどり着くと、フラフラしながらやっとの思いで乗って帰った。

1週間ほどして、族の男の子が私に言った。

「組長がお前のこと探してたぞ。事務所に来いってよ」

私を「根性がある」と褒めてくれたあの組長だ。

(やべぇ、説教かよ。組のもんにケンカ売ったのがバレたか)

いやいやだったが行かないわけにはいかない。

組長の事務所に行くと「かおり、悪かったな、うちのもんが手を出して。これで、ケガをなおせ」

そう言うと組長は30万円渡してくれた。慰謝料というわけだ。

「しかし、おめぇもほどほどにしろよ、相手がもっとやばいヤツなら、死んでんぞ」

「そっすよね、以後気を付けます」

礼をして、事務所を出た。

確かに、一歩間違えたら死んでたかも……。私は運がよかった。

名前が売れることへの思い

女族の名前が売れてからは「傘下に入りたい、連盟を組みたい」との話もあったがすべて断った。

「かおり先輩、隣町にレディースができたらしいっす、潰しましょうよ」

新しいレディースができたと聞きつけた後輩がそんな話をしてきた。

「いいよ、よそんちはほっとけ。向こうが仕掛けてきたらその時はとことんやっから」

後輩には頼りない先輩と思われたのかもしれない。だが、「よそでどんなヤツがいても、うちらは絶対に一番だろ」という自負があった。

だから、あえて放っておいた。

「よそはよそ、うちはうち」って感じだった。

私は、ただ仲間で楽しくレディースをやりたかったのだ。

その代わり、乗り込んできたらとことん叩き潰す、それが私のモットーだった。


小山の花火大会でのことだ。

ピンクの特攻服を着た他県のレディース10人ぐらいが、駅前でウンコ座りしてたまっているのをたまたま見つけた。

「おい、頭誰？」

「はぁ、私だけど」

ピンクの特攻服に〝総長〟って文字が入ってるのが見えた。

「ここがどこかわかってる？」

その子は立ち上がって私に向かってきた。

「あぁ、知ってるよ」

久しぶりに骨のある返事がきた。少しワクワクしてきたと同時に周りの子たちが気に食わなかった。

「おめぇら、総長が立ってしゃべってるのに、ヘラヘラしてんじゃねぇ。全員立て！」

ピンクの特攻服の子たちはお互い顔を見合わせながらおそるおそる立ち上がる。

「私、誰かわかる？」

そう聞くと
「わかってるよ」

頭の子がそう言ってきた。

「なら、10秒数えるうちにこの場で特攻服脱いで帰れ」

歯向かってくれるのを期待してた。

「いや、でもせっかく来たんで……」

小さくつぶやく声が聞こえたが、

「いちー、にぃー……」

容赦なく私は数え始めた。

残念なことに総長は特攻服を脱ぎ、帰って行った。

名をあげることはうれしいことだけど、何故か同時に寂しさを覚えた私だった。

『ティーンズロード』から私個人として取材依頼が入ったり、読者の相談コーナーやインタビューなどに出演した。〝女族・かおり〟って名は一気に全国的に有名になっていった。

編集部には私の似顔絵やファンレターも届くようになり、いろんな相談事も増えてきた。

「学校でいじめられている」「親と関係がうまくいかない」「かおりさんみたいにかっこよくなりたい」、そんな手紙に私なりの回答をした。

働いてる古河のスナックには、私を一目見たいとわざわざ九州から来た男の子たちもいた。少年院に入ってる時に、私と同じ地元の族の男友達に聞いたらしい。

こうして全国に名前を知られることは正直嬉しかった。

その他にも『ティーンズロード』のビデオにも出させてもらい、テレビ出演の依頼も増え始めた。

同時に『ティーンズロード』ビデオのレポーターのお仕事もさせてもらって全国のレディースを取材しに行ったりもした。

最初に編集部からレポーターの話をもらった時は

（レディースがレディースを取材？　ケンカになるに決まってるじゃん）

内心そう思いながらいざ行ってみると、ケンカになるどころか、

「かおりさんだ」

「一緒に写真撮ってください」

とかアイドル並みの扱い（苦笑）。

でも、とっても嬉しかったな。つくづく『ティーンズロード』の影響力を感じた。

妹がヤンキーになった

その頃、私の妹・ちえは中学校1年でヤンキーになっていた。

小学校の頃は「おねえちゃんのようにはならない」といつも言っていた。

ちえは大事に育てられてきたはずなのに……ヤンキーになる必要なんてないのに。

「髪染めてなにやってんの？」

ちえの胸ぐらを掴んで言った。

「かおりだってやってんじゃん！　関係ねぇーよ、ほっとけよ」

掴んでいた手を振り払われた。

（そうだった、私はなんも言えない立場だった。自分だって言われて嫌だったのに）

そう思った私は、ちえに「わかった。なんかあったら言えよ」としか言えなかった。


数日後、ちえが友達を連れてきた。

「かおり、この子が相談に乗ってもらいたいんだって」

友達の名前はよっちゃん。ちえと同じ中学校の子。どうやら『ティーンズロード』を見て、私に憧れたらしい。

「かおりさん、文通してもらっていいですか？」

よっちゃんがそう言ってきた。

「あぁいいよ、私でよければ」

懐いてくれる子はかわいい。でも、それよりもちえの力になりたいと思っていたのかもしれない。

それから、よっちゃんの他にも妹の友達何人かの相談も受けるようになっていった。話に聞くとちえは『ティーンズロード』を学校に持って行って「これ、うちのねえちゃん」と嬉しそうに話してたらしい。

嬉しかった。小さい時からずっと一家バラバラで、ろくに一緒に遊んだこともないのに……この世界でつながるなんてね。


ちえが中学2年の頃、家にいたずら電話がかかってくるようになった。

毎日かかってくるその電話に母は悩まされていた。

「かおり、ちえに変な電話がかかってくるんだけど、どうしよう」

「いいよ、私が出るから」

しばらく電話番をしているとかかってきた。

「おい、ちえ出せよ」

妹と同じくらいの年頃の女の子の声だった。「あいつまだいねぇのかよ」と、他の声も聞こえてくる。電話の向こうには何人かいるようだ。

「私、ちえの姉だけど、何の用？」

「てめぇは関係ねーよ、早く出せって、ちえ出せ」

荒っぽい言い方だった。

「あんたたち、どこの子？」

「八千代（隣町）だよ、だからなに？」

「八千代なら、○○知ってる？」

「あぁ、○○先輩知ってるよ」

「なら、○○に小山のかおりにため口を聞いたんだけど、どうすればいいんですか？って聞いてごらん」

ものすごく優しい口調で話してみた。するとどうだろう。

「すみません、かおりさんって知らずに、本当にすみません」

焦った感じの声が返ってきた。

「まぁ、それはいいとして、ちえがなんかしたの？」

「いやぁ、気に食わないから呼び出して、シメてやろうかと思いました」

急に敬語になった。

「そっかぁ。だけどさぁ、ちえは私の妹なんだよね。ガキのケンカに口をはさむつもりはないけど、身内だし、やられてるのは見てられないっしょ。それでもやりたきゃやりな」

そう言い放つと素直な答えが返ってきた。

「はい、すみません。妹さんにはもう二度とこのようなことはしません」

「わかってくれてありがとうね。あんたたちも頑張るんだよ」

「はい、有難うございます、あの……かおりさん、もし大丈夫なら、今度はかおりさんに電話してもいいすっか？　いろいろ相談に乗ってください。おねえさんになってください」

つっぱってても、こうして話してみるとみんなとってもかわいい。

頼られると断れない性格のせいか、私にはこうして〝妹〟が増えていった。

女族引退

レディースは18歳で引退する。

地元の族の習わしで、18歳で引退することが暗黙の了解になっている。

もちろん、18歳を過ぎてやりたきゃやってても誰も文句は言ってこないだろう。

ただ、私の中では、18歳はもう落ち着いてもいい年齢だし、ずっとやっていたら下が育たないとの思いもあって、引退することを決めていた。

「理恵、みんなに5日後に集まるからって連絡回しといて」

電話で理恵にそう伝えた。

当時は今のように携帯が普及していなかった。あったとしても料金がものすごく高い。持っているのはやくざか社長さんぐらい。私たちは主にポケベルか家電で連絡を取り合っていた。

ポケベルもまだ番号しか表示されない頃で、それぞれ語呂合わせで用件を数字で表していた。わかりやすい所だと「49＝至急」みたいな感じ。若い子にはわからないか（笑）。

理恵に電話した5日後、いつもの集会の公園に行ってみると、目を疑う光景が広がっていた。

総勢300～400人はいようかというヤンキーが集まっていたのだ。

ほぼ全員が特攻服。さまざまなチームが集まってた。

近隣の暴走族の男たち、単車、原チャリやシャコタンの族車もいっぱい集まっていた。自転車族も見かけたような気がする。

広い公園だから、200台以上は停められそうな駐車場の真ん中に通路が空いている状態で、通路の両サイドは族車や単車で埋め尽くされていた。

「理恵ぇ、これなんかのイベント？」

爆音に包まれながら、大声で理恵に聞いた。

「ちがうよ、かおりがみんなに回してって言ったから、メンバーに言っただけでこうなったんだよ」

ヤンキーのネットワークとは恐ろしい！　携帯のない時代にこんなにも大勢が集まるなんて。

今日は2～30人くらいで走って引退だと思っていたのに……。でも、内心はとっても嬉しかった。

「とりあえず、一周回って挨拶してくっか」

理恵と女族のメンバー何人かで大勢の中を回り始めた。

「うっす、おつかれっす」

「かおりさん、会いたかったっす」

あちらこちらから声をかけられる。私が知らない子たちがいっぱいいる。ちょっとしたアイドル気分（笑）。

「あっ！　この単車いいね」

並みいる単車の中でひときわ目立つ、赤いタンクの１９９１年式ゼファー４００を指さして私は言った。ＫＥＲＫＥＲの集合管が着けられた、ちょっとハンドルが絞ってあるその一台に私は一目ぼれをしてしまった。

「この単車、だれの？」

「あっ、俺っす」

会ったこともない男の子だった。隣の町の子らしい。

「この単車、私に売って。言い値で買うよ、いくら？」

「かおりさんなら、いくらでもいいっすよ」

「じゃ、20万でどう？」

「いいっすよ、乗ってってください」

「ありがとう、明日持っていくね」

誤解がないように言っておくけど、決してカツアゲじゃないよ。次の日にちゃんと20万を持って行ったから。

駐車場の真ん中の通路を、私は新しい相棒ゼファーと一緒に走り出した。

歓声が沸きあがっていた。

私に続いて他の族車、単車が一台、また一台と深夜の街道へと走り出した。

こうして私は女族を卒業した。

ユーミンとの出会い

引退後、『ティーンズロード』ビデオのレポーターをしていた頃、そのビデオ紹介をすることになり、衛星放送の番組に出演した。

その番組には、ミュージシャンの「ユーミン」こと松任谷由実さん、タレントのYOUさんをはじめ、各界のそうそうたる方たちがいた。

特攻服で出演した私がスタジオに入ると、ユーミンの第一声が聞こえた。

「かわいいじゃん～」

その一言で緊張がほぐれた。

「ねぇねぇ、根性焼きってあるの？　見せて見せて」

目を輝かせながらユーミンが言ってきた。

「あぁ、いいすよ」

左腕の根性焼きを突き出す。

「これとこれっす」

みんなが身を乗り出して興味津々に根性焼きを見入る。なんと、私はやり方まで説明した（笑）。


収録は無事終わり、楽屋らしき大部屋でみんなで談笑していると、ユーミンのマネージャーが私に聞いてきた。

「ところでユーミンって知ってたの？」

「あぁ、知ってますよ。結構いい歌、歌ってますよね。『リフレインが叫んでる』はよく歌いますよ」

当時、怖いものを知らない私は、なんと天下のユーミンにこんなにも生意気な口を聞いていたのだ。

今なら恐れ多くて絶対に言い出せない。本当にガキだったとは言え、私って何を言い出すかわからないよね（笑）。

ところが、さすがはユーミン。そんな大口を叩くヤンキーの私を「面白い」って言ってくれたのだ。

あとからマネージャーに聞くと
「こんなヤンキーの子が私のことを知っていて、素直にいい歌を歌ってるって言われたのが嬉しかった」らしい。

それから、ユーミンはレディースに興味をもってくれて、雑誌『宝島』で座談会をすることになった。

座談会当日。他のレディースの頭も参加して、3人で話をした。

ユーミンと私たちは、レディースの生き様、女の生き様、人生観などについて語り合った。

「かおりちゃんって変わってるね。なんか哲学者だね」

「そうっすか？　思ったことないっすけど」

「ははは、やっぱりかおりちゃんは面白い」

ユーミンが楽しそうにそう言ってくれた。

なんだか認められた気がした。今まで大人たちに「ダメだダメだ」と言われてきた私に、こんなにも温かく接してくれて、否定することもなく受け入れてくる。ユーミンのような、こういう器の大きい大人になりたいと心からそう思った。

それからはユーミンのコンサートにも行くようになり、打ち上げにも参加した。

「かおりちゃん来て、紹介するから」

私と腕を組みながらいろんな芸能人、関係者に紹介してくれた。

「この子は女族ってレディースのカシラ（頭）をやってる子で、ミス・ティーンズロードなの。私のマブダチだから、よろしくぅ」

なんとチーム名まで覚えてくれて、「マブダチだよ」とまで言ってくれたのだ。

おかげで、華やかな場にもすんなり入っていけた。きっとユーミンが、私が浮かないように気を配ってくれていたんだと思う。やっぱりすごい！

ユーミンのスタッフたちとも仲良くさせてもらい、お付き合いは現在まで続いてる。このご縁は私の宝。

レディースをやってて本当によかった。

3年間のレディースを振り返って

今思えばレディース時代は常に総長という鎧を身にまとい、つっぱってきた。いつ死んでもおかしくない状況でも、ひるむこと、逃げることは自分自身が許せなかった。

小さい時から独りぼっちだった私は、こうして仲間たちと共にいることが何よりも居心地がいい私の居場所となった。そして、それを守ることが私の使命とさえ思えた。

女族を通じて出会った方々は、今でも私の宝だ。

（もし、レディースをやってなかったら？　もしヤンキーじゃなかったら？）

ふと、そう思うことがある。

もしかしたら私は自分に自信を持てず、とっても臆病な生き方をしていたのかもしれない。レディースが私を強くしてくれた。いや、仲間たちが私を認めてくれたから強くなれたのかもしれない。古臭いけど、何事も「気合」と「根性」——今でも本気でそう思う。それをモットーとして、私は今まで生きてきた。

仲間との出会い、嬉しさ、悔しさ、楽しかったこと、怖かったこと……そんなレディースでの3年間の経験が、かおりというひとりの人間を形成したと言っても過言ではないかな。

第四章　大人への選択

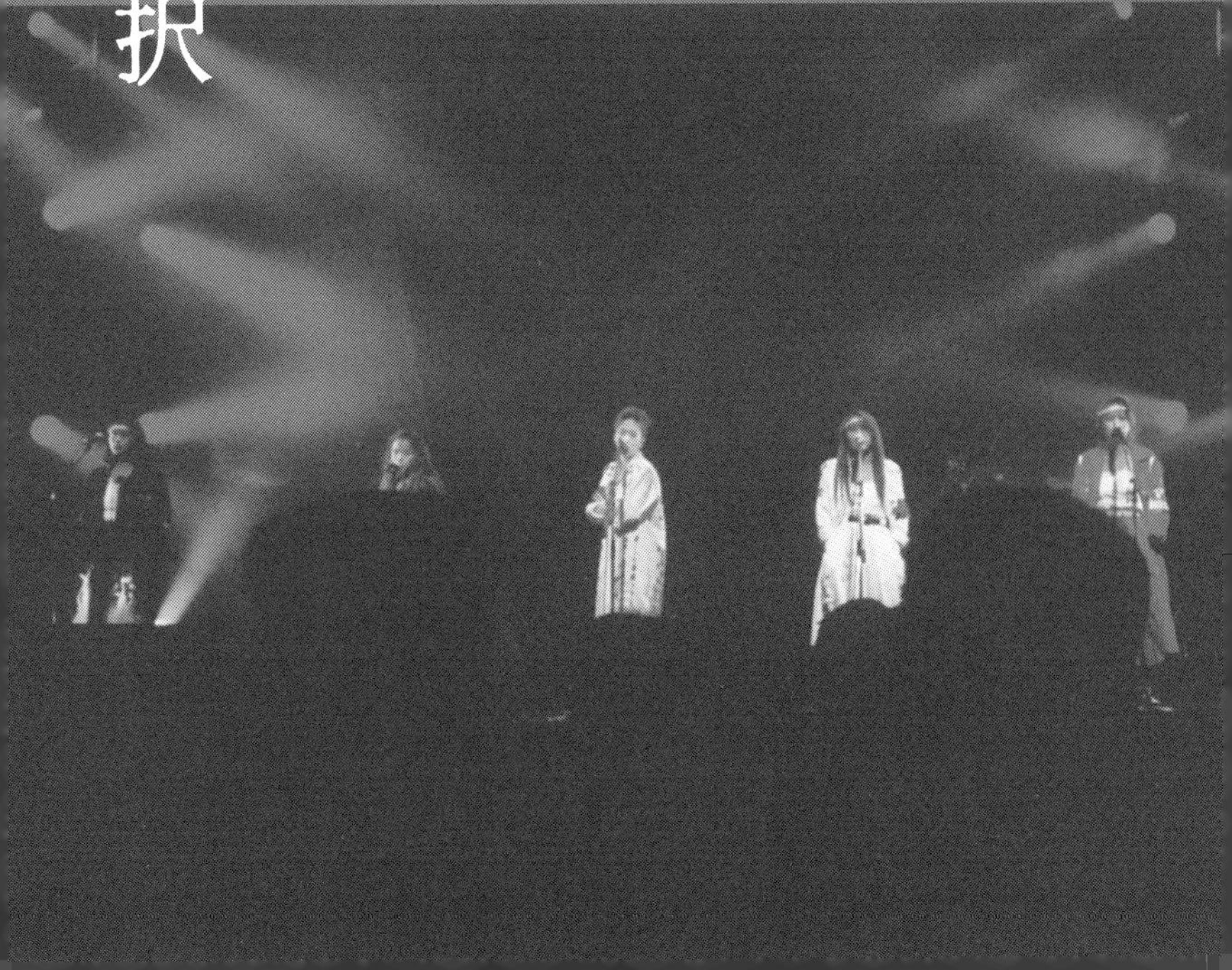

初代鬼風刃デビュー

「かおりちゃん、ＣＤを出してみないかって話が来てるんだけど」

女族を引退して間もなく、『ティーンズロード』編集長のＫさんからこんなお話がきた。

「え！　なにそれ？　歌、下手だよ私」

全国のレディースの中から５人集めてＣＤデビューするというお話だった。

（私の歌聞いたことないのに、大胆だな……）

そんなことを思いつつも、それまで雑誌、ＴＶに出てきて芸能界に興味を持ちはじめていた私は、二つ返事でＯＫした。


メンバーとの初顔合わせの日、緊張と興奮で胸が高鳴った。

メンバーは私を含めて５人。

秋田のじゅり、岩手のゆうこ、三重のえみ、京都のさちこ。そして私、栃木のかおり。

それぞれが『ティーンズロード』で名を馳せていた総長や副総長だ。

（いくら元とはいえ、レディースの頭張ってた者同士が集まったらケンカになるでしょう！）

本気でそう思った。

20人くらい入るレコード会社の会議室で私たちは初対面した。

「北関東硬派連盟貴族院・女族の2代目総長かおり。よろしく」

まさか引退後に再びこんな自己紹介をするとは……少し照れ臭かった。今まで『ティーンズロード』でしか見たことがないレディースの頭たちがこうして一堂に会すると、なんとも言えないピリッとした空気があった。

全員の自己紹介が終わった後、担当の人から今後の活動の流れやら説明を受けた。

「たばこは吸っていいの？」

私のこんな一言に、レコード会社のえらい人たちが固まっていた。慌てて担当者が
「まだ未成年だから、吸っちゃダメだよ」

「え〜、無理だろ、やめられねぇよ」

「吸うなら、見えないところで吸ってね」

なんとかそれでなだめられた。

スタッフたちは引き上げて、私たち5人だけが会議室に残された。

ピリッとした空気のなか、京都のさちこが話しはじめた。

「なぁ、かおやんやろ？　私、『ティーンズロード』で見てたんよ」

「そうそう、私もずっと見てた」

秋田のじゅりもそう続けた。

三重のえみも「うちも、知ってる」、岩手のゆうこも「私も前から知ってた」と、みんな私のことを知ってるらしかった。

「かおやん？」

いきなりあだ名？　関西弁でそう言われたことがとても新鮮で、さっきまでの張りつめた空気が一気に溶けた。


すぐさま私たちは意気投合した。

レディース総長のあるある、気苦労など、共感しあえた部分があるからこそ仲良くなれたのだろう。

それに5人の役割、というか個性が面白いぐらい被ってなかった。

じゅりが一番年下で、とってもやんちゃな妹みたいでかわいかった。

ゆうこはかなりマイペースで、好き嫌いがはっきりしていた。

さちこが一番しっかりしていて、肝っ玉かぁちゃん。

えみは少し天然なキャラ。

私は……お笑い担当だったかな？

グループの名前は、みんなでいろいろ考えたけど、結局レコード会社が用意していた「鬼《き》風刃《ふうじん》」——〝鬼のように風を刃って走る〟って意味だったかな——になった。

「どうせなら暴走族らしく〝初代〟をつけよう」

ということで、「初代鬼風刃」に決まった。

こうして史上初の本物のレディース総長によるユニット・初代鬼風刃は結成された。


『笑っていいとも』に出演してあわやケンカに

初代鬼風刃のデビューが決まって、いろんな雑誌、新聞のインタビューを受けた。

悪いことをして〝少女A〟以外で新聞に載ることになるなんて……正直嬉しかった。

「うちら、実名で出るんだなぁ」

初代鬼風刃全員でそう思った。

取材では、同じ質問を何社からもされる。

「チーム名お願いします」

「どうしてCD出そうと思ったんですか？」

「目指すところは？」

とかね。それに逐一答えていかなければいけないのだが、まだまだヤンキー感が抜けない私たちは、

「さっきも言ったよ」

なんて、1日に7～8回も聞かれると最後は不機嫌になりだるい感じで答えていた。だけど、

「目指すは、紅白歌合戦」

そんな大きい夢をいつしか持つようになっていた。


実は初代鬼風刃にリーダーはいない。置かない、いや、置けない。それぞれ頭を張ってきたメンバーをまとめるのは一苦労だとわかっていたので、どんなことでもみんなで話し合って決めることにした。

雑誌、TV出演、レコーディングなど、仕事がある時はそれぞれ地元から通っていたんだ

けど、上京するとビジネスホテルに1〜2週間滞在することもしばしば。そんなときの部屋割りはジャンケンで決めるようにした。みんな好みがあるからね。

あとは、5人いると写真を撮る時にはセンターができてしまう。そんな時も公平にジャンケンで決めていた。〝センターを決める〟ってなんだかAKB48みたい？　いや私たちがはしりかもね（笑）。

こうして私たちは独自のルールでバランスをとりながら仲良く仕事をし、シングルCD2枚とアルバム1枚をリリースさせてもらった。

『笑っていいとも！』に出たこともある。アウトローな人を審査する企画で審査員をやった。最初にタモリさんに挨拶をしに楽屋を訪ねた。

「初代鬼風刃です、よろしくお願いします」

「あぁ、よろしくね」

タモリさんは、テレビと同じで優しそうな雰囲気だった。

「ねぇ、見た？　本物だよ、サングラスかけてたね」

私たちは完全にミーハー状態（笑）。

番組は生放送だから、放送で絶対に使ってはいけない放送禁止用語の一覧表を見ながらスタッフが教えてくれた。

「え〜？　これが放送禁止用語なん？　うちら一発でアウトじゃん」

普段よく使う言葉がたくさん入ってた（笑）。

「これ全部使っちゃいけないんじゃ、しゃべんなってこと？」

びっくりするぐらい生放送って気を遣うんだなぁ。

本番では、アウトローの審査に栃木県のレディースが出場していた。

「なんだよ、栃木だ？　栃木のどこ？」

私の血が騒いだ。

「壬生《みぶ》だよ」

出場した子が言う。そのえらそうな言い方にカチンと来た。調子こんでるやつを見るとついケンカ吹っかけたくなってしまうんだよね。

「なんだ、田舎じゃん。帰れ」

私なんと、生放送でキレてしまった。あたりは一瞬ピリッとした空気になった。

そこはさすが、タモリさん。

「そうだよ、早く帰りなさい」

と笑いに変えてくれたのだ。

ピリピリした空気を瞬時に面白さに変えるタモリさんのフォローに、やっぱり名司会者は違うなぁと感じたものだ。

他にはこんなこともあった。これはじゅりの話だけど、ある深夜番組に出演した時に、司会者のタレントを指さして、

「あいつ、むかつく。気に食わない」

と言ったのだ。

「確かに、むかつくよ」

私たちもじゅりに賛同。もう一人の司会者が慌てた様子で、「まぁまぁ」と私たちをなだめてきたことをよく覚えている。

引退したとはいっても、根っからのヤンキー気質はそうそう変わらないよね。

芸能界デビュー。一番喜んでくれたのは母だった

初代鬼風刃のデビューが決まったことを、誰よりも喜んでくれたのは母だった。

「かおり、ＴＶの時は太って見えるから、体形に気を付けるんだよ」

「かおりは（顔の）左よりも右の方がいいから、写真の時はこうだよ」

ポーズを取りながらレクチャーしてくれた。

「アイドルじゃないんだから、いいんだよ。どっちかというと、こうだし」

ウンコ座りのポーズをして見せた。

「それだと足が太く見えるから、気を付けてね」

いつ以来だろう、こんなに和やかに母と会話ができるなんて。


母は、自腹でCDを100枚買ってお店のお客さんに配ってくれたり、初代鬼風刃のポスターを知り合いのお店に貼ってくれるように頼んでくれた。

有線放送にも初代鬼風刃の曲をリクエストしてくれて、そのお陰で古河市と小山市が有線放送のリクエストで1番になったこともあった。とにかくすごく応援してくれていた。

渋谷ON AIR EASTでの、初のワンマンライブ。

母は知り合いを何人も連れて見に来てくれていた。それと女族のメンバー、小山の神風連のヤツら、古河の族の子たち、埼玉のスペクターの子たちも集まってくれた。

族の男の子たちはなんと特攻服で来てくれていた。ケンカにならないのかなぁと思ってヒヤヒヤしたけど、終始和やかなムードでホッとしたのを覚えている。私に迷惑がかからないように気を使ってくれたのかもしれないな。

「すごい、かおりの声援が一番多かったよ」

ライブ後に母が言ってきた。なんとも親馬鹿だよね（笑）。

初代鬼風刃のデビュー曲『風の行方』で、私の歌うパートは自分で歌詞を作った。

親がよく泣いてたよ、お前なんかいらないって
私？　勝手にしろって感じだったね
けど、今は違う
話も出来るし、言いたいこともわかる
やっぱ親は親だよ

母には迷惑をかけてしまった。その時の本心をそのまま歌詞にしたのだ。

これが親孝行になったのかどうかわからないけど、少しでも安心してもらえたのかな？

結局、CDは残念ながらあんまり売れなかったらしい。初代鬼風刃は2年で解散した。

メンバーとは解散後も、それぞれの地元に遊びに行ったりするほどの仲良しになった。

それが初代鬼風刃の2年間の活動で得た大きな財産だ。

「初代鬼風刃」を解散後

初代鬼風刃が解散し、私は古河での生活に戻った。

「最近夜、暴走族がうるさくて寝られない。どうしよう」

困った母が私に相談してきた。

「わかった、何とかする」

私は、さっそくそこの族の頭に電話した。

「かおりだけど、うちの周り走るのやめてもらえる?」

「すみませんでした、ルートを変えます」

その晩からうちの周りは静かになった。

「すごいね、かおりは力があるね~」

母は喜んでくれた。まさかレディースがこんなところで役に立つなんてね。

妹のちえが家出をした時のこと。

「ちえがいなくなった。ずっと探しているけど見つからない。どうしよう」

母がひどく落ち込んでいた。

（そっか、私が家出してた時もこんな様子だったのか）

そんな母を見て、心苦しかった。

「わかった、大丈夫だから。すぐに見つかるから心配ないよ」

母をなだめると、古河の2こ下の子に電話をした。

「ねぇ、私の妹知らない？　すぐに探して！」

1時間後に「見つかりました」と連絡が来た。すぐ迎えに行った。

「帰りたくない。かおりだって散々家出をしてたじゃん。なんで、私だけダメなの？」

私には返す言葉もなかった。

「わかった、一旦家に帰ろう。それから話そう」

ちえを連れて一緒に帰った。

家出の理由を聞くと、どうやら自由が欲しかったらしい。

ちえの言うことはよく理解できた。私もそんなことを思ったことがある。でも今は母の気持ちもよくわかる。

母にも、ちえの気持ちを伝えた。ちえには母の気持ちを伝えて、二人の溝を埋める。これは私にしかできない役割だったんじゃないかな。

古河で一人暮らしをしていた私のもとで、一時的にちえを預かってこんな仲介役をしたこともあった。


古河のスナックで再び仕事し始めると、私の中で何かが変わった。

芸能界の仕事を忘れられなかったのだ。

初代鬼風刃の頃に経験した、刺激的で常に変化のあった日々は本当に楽しかった。新しい世界（芸能界）でもっとチャレンジしてみたくなった。

初代鬼風刃の時に入っていた事務所の社長に相談し、女優を目指すために東京で一人暮らしを決意する。20歳になった頃だった。


女族の仲間たちが送別会を開いてくれた。

「かおり、東京が嫌になったらいつでも帰って来いよ」

「うちらのこと忘れんなよ」

仲間たちと朝までドンチャン騒ぎ。

私には、こんなにも素晴らしい仲間がいることが何よりも嬉しかった。

3年間面倒を見てくれていた姐さんも、送別会を開いてくれた。

私は地元の仲間に見送られて、愛車ゼファーと共に意気揚々と次の夢に向かって走り出した。

銀座デビュー

世田谷区の下馬に8畳のワンルーム、家賃8万円の物件を借りた。

夢は女優。故郷に錦を飾る気持ちで上京してきた私は、「どんなことでもやってやる」と気合を入れていた。

ところが――。

上京して間もなくして、事務所の社長が飛んだ。理由は借金らしい。初代鬼風刃の頃に衣装として使っていた、青春を共に過ごしてきた大切な大切な特攻服も持ち逃げされていた。

ものすごくショックで、怒りさえ覚えた。

でも誰にも相談できず、今さら地元にも帰れない。

貯金も残りわずか。仕事もなく、何の当てもない私は途方に暮れていた。

何か仕事をしなくては。

とりあえずの仕事として、知り合いに六本木のキャバクラを紹介してもらった。

〝週に3日、生活のために〟と自分に言い聞かせ、アルバイトをすることになった。運命ってあるのかな。その店で3ヶ月ほど働いたんだけど、そこで私の人生を大きく変えてくれた人と出会った。

「かおりはどう見ても、キャバクラじゃない。クラブでやってみないか」

お客さんの一人が、なんと銀座のスカウトマンだったのだ。

銀座か……。自分はそんな高級な場所に合うわけがないと思った。

これまで働いていた地元のスナックとは客層も料金もぜんぜん違う、未知の世界だった。お給料だって今までとはケタ違いの額を提示された。だけど、(これで東京での生活はなんとかやっていける)と思った。


私が入ったお店は銀座でも老舗と呼ばれていて、在籍70名ほどの大箱だった。座っただけで10万円以上もするお店だ。きらびやかなインテリア、会話も服装も、品も、すべてが違いすぎて、最初はほとんど話もできずに、私は〝借りてきた猫〟状態。

昔からお酒も弱かったので、ほとんど飲めない状態で接客しなければならなかった。

入店して1週間ほど経った頃、洗礼を受けた。

あるお客さんに付いた私。話もできず、お酒も飲めず、おどおどしていた。そんな私を見かねたママが言った。

「ボーイさん、この子、灰皿と一緒に下げて」

すごくショックだった。今まで、地元ではちやほやされ、やりたい放題してきた私がこんなにも恥ずかしいことを言われている。

ここから消えてしまいたい……。私はお店のロッカールームで悔し涙を流した。

「かおりちゃん、大丈夫だから。これからこれから」

お店の常務が慰めてくれた。

優しい言葉だった。でも、同時に自分が情けなかった。田舎から意気揚々と上京してきたのに……私は何をやってるんだ。

「こんなの私じゃない」

本来の負けず嫌いの性格が顔を出し、〝絶対に負けない〟と思い始めた。

店のナンバーワンに

どうせやるなら一番になる！

そう思うようになってから、売れっ子ホステスになるための研究をした。話し方や、所作。

服装なども。

私が持ってる服はあまりにも田舎臭かったから、しばらくは店の服を着ていた。

鏡に向かって笑顔の練習をし、歩く時の姿勢に気を使ったりもした。

お客さんから名刺をもらうと、特徴や会話、好みの飲み物を書いて、ファイリングをしたりした。

よく「銀座のホステスは1日に新聞を3紙以上読むんだよ」と聞くけど、私のようなペーペーは、まだそこまで必要ないと思った。

銀座まで電車で通勤していたので、電車の中吊り広告の見出しを見ていたんだけど、これが意外と役に立った。

銀座のお客さんは、会社の社長や重役だったり、すごい人たちばかり。ホステスに難しい会話を求めてないし、私のような小娘から情報を得ようとはしない。むしろ教えたがりの方が多いから、中吊りの見出しだけ覚えていれば「そういえばこういうことがあったみたいだけど、よくわからないので教えてください」と言うと、お客さんが教えてくれるのだ。

こうして売れっ子の研究をしたかいもあり、いろんなテーブルに呼ばれるようになった。

しかし、ヤンキー感はなかなか抜けず、たまに出てしまう時がある。

仲良くなったお店の子が、自分のお客さんの席に私を呼んでくれた時のこと。

「初めまして、かおりです」

「なんで、俺が知らない子のために指名代を払わなきゃならないんだよ」

そのお客さんはどうやら、お気に入りの子が勝手に私を指名に入れてくれたのが気に食わなかったらしい。終始不機嫌な様子だった。

「申し訳ありませんでした、この指名代をお返しします」

ずっと無視され、頭にきた私はとうとうこんなタンカを切ってしまった。ひどく怒られるのを覚悟していると……

「面白い。こんな子見たことないよ、指名を突き返してくるなんて、根性座ってるなぁ」

なんとお客さんが気に入ってくれたのだ。

私のヤンキー魂が光った瞬間だった。


こうして、3ヶ月の新人期間を経て、最優秀新人賞を取ることができた。

あの時の「灰皿と一緒に下げて」ってママの言葉がなかったら、ここまで来れなかったかもしれない。

それから、ママや、お客さんをたくさん持っている先輩のお姉さん方にかわいがられ、いつしか〝ヤンキーねぇちゃん〟というあだ名で呼ばれるようになった（笑）。

お店に慣れてきた頃、愛車ゼファーで通い始めた。

お店のポーターさんともいつしか仲良くなり、お客さんもたくさん紹介してもらえた。スタッフたちとも仲良くさせてもらった。アフターが終わると、お店に残っているスタッフたちにお土産を持って戻ったりしてたなぁ。

こうして周りのみんなに支えてもらえたお陰で、ナンバーワンを取ることもできた。一瞬だったけどね（笑）。

銀座に勤めて、初めて給料をもらった時はびっくりした。わずか20歳の私にはものすごく大金だった。

久しぶりに実家に帰り、母にお小遣いをあげた。

「私はこんなにちゃんとしてるよ、だから心配しなくていいよ」

母と、そして自分に言い聞かせるように私は言った。

見失った目的

同伴出勤して、アフターは銀座、六本木で朝まで。1週間に5日はそんな生活をしていた。

その頃、下馬の1ルーム8万円のアパートから、麻布の1LDK家賃20万のマンションに引っ越していた。

土日は休みだったが、友達と遊びにいくか、ずっと家で寝ているか。夢に向かうための時間に使うことはなくなっていた。東京での生活はいつしか私を変えていた。

お金はあるけど、心が満たされない。いつの間にかそんな心の渇きを感じ始めた。

(私は何しに上京したんだっけ？)

(私は一体何をやってるんだ)

東京での派手な生活にすっかり染まり、本来の目的を見失ってしまっていたのだ。

気が付くと私は23歳になっていた。3年前、あんなに意気揚々と上京してきたのに……。

やっぱり私は女優になりたい。

やっと本来の目的を思い出した。

それから、あらゆる雑誌でオーディション情報を入手し、いろんなオーディションを受けに行った。だが結果は散々。落ちまくった。現実はそんなに甘くない。

お店のお客さんには業界のすごい方も来る。

「俺が口を聞いてやろうか？」

こんな「ここで飛びつけばデビューできるかも」という話もあった。でも、そういう話は蹴ってしまっていた。

（私は、自力でやってみたい）

という、今思えばくだらないプライドが先に立っていたのだ。

でも、何もかもうまくいかない。

その頃の私は自暴自棄になっていた。

自信もなくなりつつあった。でも今さら地元にも帰れない。

そうこうしているうちに時間ばかりが過ぎて行ってしまうことに、焦りも感じていた。


このままじゃだめだ。何とかしないと。

意を決して銀座のお店をやめた。

一旦やめて考えよう、とりあえず環境を変えようと思った。

ひいきにしてくれていたお客さんがこんな提案をしてくれた。

「うちのレコード会社にニューヨーク支社もあるから、そこに行ってみたら」

好奇心と、本来のなんでもやりたいという気持ちもあり、単身ニューヨークに行くことを決めた。

ニューヨークで何かしたいわけでもなかった。ただ何か状況を変えるアクションをしたかったのだ。

英語もこれまでろくに勉強してこなかったが、「何とかなるでしょう」と楽観的に構えていた。

行けば何かヒントが見つかるかもという期待を胸に、私は単身ニューヨークに飛びたった。

単身ニューヨークへ

ニューヨークは何もかもが新鮮で、刺激的だった。

宿泊先はなんとトランプタワー&ホテル。それもニューヨーク行きを勧めてくれたお客さんが用意してくれていた。

観光ビザは3ヶ月、その間に何とか仕事も、やりたいことも探さないと。

最初は観光気分で5番街で買い物をしてみたり、街をブラブラしてみた。どこもキラキラしていてまるで別世界だった。

レコード会社勤めのKさんに案内してもらい、ニューヨークでの注意点（夜出歩かないことなど）を、いろいろ教えてもらった。

夜は、他のスタッフともお食事なども一緒にさせてもらったりもした。

「Hi! ナイストゥミートゥユー」

たどたどしい英語がやっと出る、という感じだった。知っている単語を何とか並べるが会話にならない。勉強してこなかったことを本当に後悔した。

会話のキャッチボールもできないし、会話に入っていけないことにいら立ちを覚え、一人で部屋にこもることが多くなってきた。来た時はあれほど素敵に感じたニューヨークも、言葉が通じないことで、怖さを感じるようになってきていた。気づくと私はホームシックになってしまっていた。

そして、もったいないことに私は1ヶ月足らずで日本に帰って来てしまった。

もう少しだけニューヨーク生活を続けていたら、私の人生に何か影響を与えられたかもしれない。でも、東京に続いてニューヨークでも私は逃げてしまった。

日本に帰ってきた私は、傷心しきっていた。

（何が気合と根性だよ。根性なし）

私は自身を責めまくっていた。

「もう、どうでもいい」

自暴自棄になっていた私は、その頃、昼頃まで六本木で遊んでは夜まで寝るという日々の繰り返し。人生の中で最も暗黒な時期だった。

「かおり、いつまでも腐ってんじゃないよ。うちに入れば？」

モデル事務所を立ち上げた知人が、そんな声をかけてくれた。私はすがる思いで事務所に入った。

立ち上げたばかりの事務所は、所属タレントが10人ほどいた。

それまで自分で探していたオーディションも、事務所を通して受けることができる。ありがたかった。

1週間に2度ほどオーディションを受けに行くが、ことごとく落ちてしまう。

やっと受かったのはイベントコンパニオンなどのお仕事しかなかった。

(やっぱりもう歳なのかな？)

いつしか自分に言い訳をしている私がいた。

銀座で稼いだ貯金もなくなり、また水商売に戻ってしまった。

上京した時に「どんなことでもやってやる」と気合いを入れた私の意気込みは、だんだんとくじけてきていた。

第五章　子供がいるから私がいる

選択

再び水商売に戻ってしまった私は、銀座のお店と同じ系列店に入った。場所は六本木。銀座の時と同じ〝座っただけで10万円〟という料金形態の高級店だった。

ここでも、ママや周りのスタッフにかわいがられ、すぐにナンバーワンを取ることができた。

しかし、相変わらずオーディションに行っても落ちてしまう日々だった。

モデル事務所に所属しながらお店で働く。そんな生活が続いていて、私は心身ともに疲れ切っていた。

その男性、ひろさんに出会ったのはそんな時だった。

ひろさんはお店に来ていたお客さん。不動産経営をしていて、きっぷがよかった。それに、ひろさんは遊び慣れている人で、一緒にいて楽しかった。当時自信がなくなっていた私にとって、現実逃避をさせてくれた人だった。ひろさんと私は付き合うことになった。

付き合いだして3ヶ月ほど経った頃、ユーミンのコンサートの打ち上げで知り合った業界関係者Oさんから「香港でタレントをやってみないか」とのお話を頂いた。

「かおりちゃんなら中国語も日本語もできるし、日本でやっている番組を香港でやることになったから、そこでアシスタントやってもらいたい」

とのことだった。

この上ないチャンスに、私は心を躍らせた。

しかし、人生は何が起こるかわからない。香港行きの話が舞い込んできたすぐ後、私はひろさんの子を妊娠していることがわかった。

香港に行くか、子供を産むか。

まさしく人生を左右する選択に迫られた。そして、私は子供を産む選択をした。

（タレントの話は待ちに待った大チャンスだ。でも、このタイミングで妊娠したってことは、この子を産むべきだろう。ここが人生の転機なんだろうな）

私はそう思った。ひろさんは羽振りもよかったし、この人と結婚すれば生活は安泰だ。モデルの仕事はどうなるかわからないから……それまでオーディションで落ち続けた私は自信をなくしていたのだ。

好きとかいう感情よりも〝条件〟で選んだ。女優の夢を諦め、結婚に私は逃げたのだ。

Oさんに妊娠を報告すると「そっかぁ、よかったね、頑張ってね」と応援してくれた。

これで良かったんだ。だって、精一杯頑張ったから。

私は結婚、出産に気持ちを切り替えた。

出産

9ヶ月後、赤ちゃんが産まれた。

長男のトシ。2931グラムの元気な男の子。25歳の夏、私は母になった。

おっぱいを飲んでくれるわが子が愛おしく、〝何があってもこの子を守る〟と心に決めた。

それまで〝いつ死んでもいい〟と思っていた私にとって、初めて自分自身よりも大切な存在ができた。トシが、命の大切さを教えてくれたのだ。

最初の育児は大変なんてもんじゃない。

いろんな育児書を読みあさっては一喜一憂する日々で、とにかく心配が尽きない。

寝ている時も「息が止まってるんじゃないか」、起きていれば「ちゃんとおっぱいいっぱい飲んでくれたのかな」、トシが泣くと「大変だ」とすぐに抱っこしに行く。24時間目が離せないほど私は心配性になった。

（母もこんな感じだったのかなぁ……）

そう思って、育児をしながら仕事もしていた母のすごさを改めて感じたりした。

その頃、夫は仕事が忙しく、あまり家に帰ってこなかった。育児はほとんど私一人がやっていた。

慣れない子育てで、周りに頼れる人もいない。完全に子供との二人の世界。

テレビで観る番組も『おかあさんといっしょ』『いないいないばぁ』とか、子供番組ばかり。体操のおにいさんがかっこよく見える。それまで華やかな世界にいた私にとってはあまりにもかけ離れた生活で、まるで無人島にいるかのような感じだった。

(育児ノイローゼってこんな感じで起きるのかも)とさえ感じた。

その中で、唯一の救いはトシの笑顔だった。

本当によく笑う子で、夜泣きもせず、どこに連れて行っても全く泣かずにずっと笑顔でいてくれる。私はそんな笑顔に救われていた。

(もしも、この子がこんなに笑ってくれなかったら……)

そう考えるだけでも恐ろしい。

相変わらず、夫はほとんど帰ってこない。たまに帰って来ても、子供のことはやってくれない。

「ねぇ、トシのおむつ替えてあげて。今、ご飯作ってるから手が離せないの」

「なんで俺がそんなことやらないといけないんだよ」

「えっ！」

思いもよらない言葉が返ってきた。

それは、この後に起こることを予感させる出来事だった。

夫の暴力

「旦那いる？」

ある日のこと。部屋のチャイムが鳴って玄関に出てみると、人相の悪い男が2人立っていた。

「いませんけど、どなた？」

「お宅の旦那に用事があんだよ。どっかに隠れてんじゃねぇのか」

そう言うと、男たちは無理やり玄関のドアをこじ開けて、土足で入ってきた。

「なんだよ、いねぇって言ってんだろう。無理やり入ってきて、不法侵入だろ」

むかつくとすぐにヤンキーが出てくる私（笑）。

「お宅の旦那に金を貸してるんだよ。どこにいるか教えろ」

「いどころは私が知りたいよ。大体さぁ、昼間に女子供しかいない家にこうやって土足で入り込んできて、これって犯罪じゃねぇ？」

「あ？」

「廊下まで汚して、掃除はいいから早く出てけよ」

ケンカの場数を踏んできた経験がここで役に立った。

「わかった。また来るよ」

そう言うと男たちは出て行った。

夫の携帯に電話しても通じない。職場や友人に電話しても誰も知らないという。

3日後、夫が帰ってきた。

「ねぇ、どういうこと？　借金ってなに？」

「……」

「どうするの？　仕事は？　生活は？」

「うるせぇ、黙ってろ」

目の前が一瞬暗くなり、耳がキーンとした。

気が付くと私は床に倒れこんでいた。夫が私を殴ったのだ。

「うるせぇんだよ、俺の金だろ。俺がどう使うか関係ねーだろ」

そう言って私の顔面を目がけて何発も殴ってきた。

昔からケンカ慣れをしてきた私でも、さすがに顔面にこんなに拳を食らったことはない。

突然の出来事だったので、びっくりしていた。一番身近にいて信じてた人からこんな仕打ちをされたことが、とにかくショックだった。一方的にやられる中、応戦する気力もなくただただ呆然としていた。

横目でトシがいる方を見た。

（よかった、寝てる。どうか、まだ起きないで……）

どのくらい時間が経ったのだろうか。気が付くと夫は出て行っていた。

顔がジンジンして熱い。口の中から血が出ている。

時計を見ると、そろそろおっぱいの時間だ。

ちょうどトシが起きた。おっぱいをあげながら、涙がこぼれてきた。泣いてはいけないのに、涙がとまらなかった。

冷静になった夫が戻ってきた。話を聞くと、仕事がうまくいかず、投げやりになってギャンブルにハマってしまったとのことだった。

「大丈夫、今度の契約がうまくいけば借金完済できるから、何とかなるから」

その言葉を信じてみるしか選択肢はない。かすかな期待を胸に「もう少し頑張ってみよう」と自分に言い聞かせた。

しかし、人はそう変われない。

夫は相変わらず帰ってこない。お金もない。帰ってくると暴力を振るわれる。

そんな日々が続いた。

避難

トシが1歳になった。

その頃、生活はどん底で、家賃も払えない状況になっていた。

月末になるのが怖かった。いろんなところから請求書が届き、催促の電話がかかってくる。

「私が働きに出るよ」

そう言うと夫が
「お前が働いたら、俺がみっともないからダメだ」

「じゃどうするの？　家賃に、支払に……それに、まずトシにご飯食べさせないと」

「うるせぇ、お前は黙ってろ」

そう言うとまた私のことを殴ったり、蹴ってきたりする。

離婚しようと思ったことは何度かあった。

正直言って、ここまでされたらもう夫に愛情もなくなってくる。

ただ、お父さんがいなかった私には離婚を決断できなかった。「両親がいない寂しさ」を痛いほど知っている私には、親の事情でわが子に私と同じ思いをさせたくなかった。

(私さえ我慢すれば、いつかは変わってくれるはず)

(男の子には父親が必要だから、我慢しないと)

いつも自分にそう言い聞かせた。

ホステス時代にお客さんに買ってもらったブランドもや、貴金属など、現金化できるものはすべて質屋に入れた。なんとかお金を作らないと。わが子に食べさせないと……。

しかし、そうやって生活のために作ったお金も、

「このお金があれば契約とれるから。そうすれば楽になるから」

そういって夫に持っていかれてしまう。結局、そのお金もギャンブルで溶かしてしまったことは言うまでもない。

気が付くと、私の名義で消費者金融からの借金が300万円に膨れ上がっていた。

食材も切り詰めて、タダでもらえる天かすでにわか天丼を作ったり、パンの耳をもらってきて揚げパンを作ったりした。おかげさまで、節約レシピのメニューが増えたけどね。

母にも心配かけたくなくて、相談もできずにいた。くだらないプライドもあって、友人に

さえ話せずにいた。この時は、誰からの電話にも出られなかった。

とにかく、こんな生活を知られるのが怖かった。

トシに栄養のあるものを食べさせたいがために、渋谷のデパ地下にトシを連れていき、試食コーナーで食べさせていたこともあった。

今でも試食コーナーを見るとつい手が伸びてしまうトシの癖は、この時についたのかもしれないな（苦笑）。


その日は、いつもよりも激しい暴行が続いた。昼間に私がトシと公園に行った時に携帯を家に忘れて、連絡がつかなかったとの理由だった。

近頃は、自分の気分で暴力を振るうようになってきた。

もちろん私も歯向かっては行くが、体重が2〜30キロ以上も重い男には到底かなわない。

小さいときに空手でもやってたら負けないのに……本気でそう思っていた。

ケンカしている最中、トシが泣き出した。

「うるせぇ、ガキだまれ」

そう言いながら、夫はトシの方に向かっていった。

「やめて、私が悪かったから、ごめんなさい！」

急いでトシを抱きかかえると、夫に必死に謝って、何とかなだめた。

（もう、だめ…）

限界だった。このままだと夫はトシにも手を出してしまうかもしれない。

自分はどんなにやられてもかまわないが、トシにもし何かあったらと思うと、いてもたってもいられない。

深夜1時。夫が出かけてる隙に持てるだけの荷物を持ち、私はトシを連れて家を出た。

母に電話をした。

「ママ、これから帰っていい？」

普通なら、どうしたのとか聞いてくるけど、母はすかさず
「遅いから、タクシーで着払いで帰っておいで」

「あ…りが…と……う」

涙で声にならなかった。

実家につくと、私とトシのためにベッドが用意されていた。

「とにかく、今日はもう寝なさい」

あえて何も聞かずにいてくれた母がとてもありがたかった。

2人目の子供の妊娠

どれくらいぶりだろう、こんなにも穏やかで、ぐっすり寝られたのは。

隣でスヤスヤ寝ているトシを見て、「もっと強くならないと」そう誓った。

翌日、私の腫れている顔を見て母はすべてを悟った。

「ずっといていいんだから、心配しないで。離婚が難しいなら、弁護士に頼もう」

母親ってすごい。私の心中をすべてわかってくれている。母の偉大さを改めて感じた。

その後、夫と電話で離婚しようと話をした。

「今まで悪かった。何とかちゃんと生活を立て直して、迎えに行くから」

離婚には応じてくれなかった。

母には「生活に疲れたから、とりあえず実家にいさせて」とお願いをした。とにかく今は何も考えたくなかった。

実家に帰って来て2ヶ月後。またもや、人生の選択に迫られた。

なんと、2人目を妊娠していることがわかったのだ。妊娠4ヶ月だった。

生理がしばらく来ていないことにすら気が付かないほどの精神状態だった。

こんな状況で産んでも、私はこの子たちを幸せにできるのだろうか？　と不安だった。けど、子供がかわいいことは痛いほど知っている、だからやっぱりお腹にいるこの子を産みたい気持ちの方が強かった。

「大丈夫、何とかなる」

そう自分に言い聞かせた。

とりあえず、夫に報告をした。

「帰って来いよ、お金はなんとかできたから、もう大丈夫。俺、ちゃんとするから、もう二度と手を出さないから」

(もう一度信じてみよう。子供が2人もいるんだから、今度こそ大丈夫だよね)

母にも報告した。母は東京に戻るのを猛反対した。だけど、「子供を父親のいない子にさせたくない」と反対を押し切って、私は夫の元に帰って行った。

夫は生まれ変わったかのように、すごく優しかった。でっかい仕事も決まり、生活はなんとか落ち着いてきた。

そんな中で、私は2535グラムの元気な男の子・マサを産んだ。

「お兄ちゃんだよ、早く大きくなって、一緒に遊ぼうね」

トシはお兄ちゃんになった自覚があるのか、いつも一緒に赤ちゃんの世話をしてくれた。

「ママ、マサがおしっこしたみたい、おむつを替えないと」

「マサがお腹すいて泣いてるよ、おっぱいあげて」

「さすが、お兄ちゃんだね、なんでもわかるね、ありがとう」

わずか3歳の子がこんなにもしっかりしてくれていることが微笑ましかった。

しかし。

育児に追われる私は、夫がまた元に戻りつつあることに気づいていなかった……。

離婚

「おい、前に渡した金はどうした？　全部出せ」

「なんで？　何に使うの？　もしかして、またギャンブル？」

問い詰めると夫はキレた。

「うるさい、いいから早く出せ」

「これは生活費でしょう。だめだよ」

そう言うとまたグーで殴ってきた。

「もう二度と、手を出さないって約束したのに……」

「逆らうお前が悪いんだよ」

そう言いながら、足でお腹を蹴られた。うずくまっている私の所になんとトシが駆け寄ってきた。

「ママのこといじめんな」

両手を広げて父親の前に立ち、私をかばおうとしてくれていた。

小さい時に両親のケンカを見ておびえて、部屋の端っこで泣いていた自分を思い出す。

(私は、なんてことをしてしまっているんだろう)

わずか3歳の息子にこんなことさせてしまっている。

おびえて泣いていてもいいはずなのに、トシは果敢に私を守ろうとしている。

(私、もっと強くならなくちゃ)

立ち上がった私は、お金を取って、夫に渡した。

「全部、持って行っていいよ」

夫はお金を受け取るとどこかへ行った。

「ママ大丈夫？　イタイイタイ？」

「大丈夫だよ」

「イタイイタイのとんでけ」

小さな手でお腹をさすってくれているトシの姿に涙があふれ出た。

「ごめんね、ごめんね」

その日に荷物をまとめてわが子——トシ3歳、マサ3ヶ月——を連れて、再び古河の実家に戻った。

そして、もう二度と夫の元へは戻らないことを胸に誓った。

母は私を見るなり、ほっとしてくれていた。

「しばらく休みなさい」


電話で夫に離婚のことを伝えた。

「今度こそ信じてくれ」

またもやこんなことを言ってきた。

「何回もそう言われて、うんざり。本当にお願いだから、別れてほしい」

「別れるなら、親権は俺がもらう」

そんなことを言えば私が別れないと思っているようだ。

「もう無理。父親らしいことした？　もう私たちを解放して」

「ふざけんな、覚えてろよ」

それからしばらくして、夫のストーカー行為が始まった。

古河にやってきて実家を見張りでもしていたのだろうか。家の電気がつくとすぐに電話が鳴る。

「お前、どこに行ってたんだ、出てこい」

とまくし立てる。

無視していると、玄関の前までやってきて大声で怒鳴る始末。何回も警察を呼ぶ騒ぎになったりしていた。

精神的に参っていた。私はどうなってもいいけど、家族が危ない。

何とかしないと……。

「今日東京に行くから、話そう」

子供たちは母に見てもらって、何をされてもいい覚悟で単身東京に行った。

住んでいたマンションに行くと、夫がいた。

「お願いだから、離婚してください」

土下座してお願いをした。

「なんでだよ。俺、ちゃんとするって言ったろ」

そう言うと私を押し倒して、首を絞めてきた。

「いいよ、殺したかったら殺しな」

私はやたら冷静だった。不思議と、怖さは一切なかった。

そんな私を見て、夫はもう戻れないことを悟ったのか、言った。

「わかったよ、離婚するよ」

私が持っていった離婚届に判を押して、ようやくこの生活にピリオドを打てた。

感謝

実家に戻った私は、昼はマサの面倒を見て（トシは幼稚園に通いだしていた）、夜は子供たちを託児所に預け、母のスナックを手伝うことにした。何とか借金を返すのに必死だった。
託児所に連れていく度に泣かれて、胸が痛くなる。母と離れる寂しさを知っているのに、同じ思いを子供にさせてしまっている罪悪感。きっと母もこんな気持ちだったのだろう。
マサが2歳になった頃、妹がトシとマサの面倒を見てくれるようになったが、それでも
「ママ、僕たち寂しいから早く帰って来て」

仕事中にトシからこんな電話がかかってくる。

「ごめんね。ママ、仕事だから、終わったらすぐ帰るね」

ごめんねの言葉しか出てこない。

子供たちにこんなに寂しい思いをさせていることがいたたまれない。

仕事が終わり家に帰ると、二人して嬉しそうに玄関まで迎えに来る。

「ママが寒いと思って、パジャマ温めてたよ」

そう言うとトシが自分のパジャマの中から私のパジャマの上着、マサのパジャマからはズボンがシワシワになって出てきた。

こんなに嬉しいことをされるなら、ずっと冬でもいい。

一日で一番嬉しい時間だ。


マサがインフルエンザにかかった時、お店を休んで看病した。

「具合が悪い時は、ママとずっと一緒にいられるんだね。だったら、ぼくこのまま治らなくてもいい」

熱が39度近くもあるのに。本当は苦しいはずなのに。

胸が痛くなった。いたたまれなかった。こんなにも私を恋しがってるなんて……。

まるで小さい頃の私を見ているみたいで申し訳なさもあったが、子供にこんなにも必要とされていることが嬉しかった。きっと母もそうだったのかもしれない。

普段は夜一緒にいられない分、私はこの子たちの話は絶対に聞いてあげようと決めていた。どんなことがあってもなんでも話そうと誓った。

休みの日は公園でピックニックしたり、キャッチボールをしたり、男親がやるべき役割はすべてやってきた。小さい頃から男まさりだった私は、男の子が好きな遊びが得意だった。

自分の子供が男の子でよかったのかもしれないな。女の子だったらどう育てていたのだろう（笑）。


もちろん、私は完璧な母親ではなかった。

何より、父親役としてもたまには厳しく叱らないといけない時もあるのに、寂しい思いをさせている後ろめたさから叱れなくなってしまっていた。

子供たちと一緒にでかけた際、子供を肩車するお父さんや子供のお世話をするお母さんの姿を見かけると、「父親と母親、それぞれが自分の役割をこなしてるんだな」と羨ましく見えることがあった。

（うちの子たちにも父親がいたら……父親がいないことをこの子たちはどう思っているんだ

ろう。本当はお父さんがいてほしいのかな？」

親の身勝手で、子供に不自由で肩身の狭い思いをさせてしまっているのではないか。そんな風に自身を責めてしまうことも多々あった。

（言い過ぎたなぁ、こういう時にどうすればよかったのかな）

（私は、母親失格かも）

叱りすぎた日には自己嫌悪になることもあった。

だけど、そんな未熟な私を子供たちは愛してくれた。

トシの誕生日の日のこと。

「トシ、5歳の誕生日おめでとう」

「ママもおめでとう」

「なんで？　今日はトシの誕生日なんだよ、ママは違うじゃん」

「だって、今日はママがママになった5歳の誕生日でしょう」

はっとした。

（そうだった、私は母親になってまだ5歳だった）

この一言でどれだけ救われただろう……。

悩んでもいいんだ！　間違ってもいいんだ！　最愛の息子に教えてもらった。

目の前にいるトシがキラキラした笑顔でギュッと抱きついてきた。

「ママ、ありがとう」

「トシ、生まれてきてくれてありがとう」

「ママ、ぼくも」

下のマサが駆け寄ってくる。

「はい、みんなでギューしようね」

第六章　幸せを手に入れるための壁

子供たちの成長

トシが小学校に上がる頃、やっと借金を返し終えた。これでやっと身軽になれると心の底からホッとしたものだ。

トシもマサも、すくすくと大きく育っていた。

育ち盛りの男の子2人の遊びは激しいものがあった。とにかく体力がいるのだ。

幸い私は小さい時に男の子に交じって遊んでいたから、男の子が好きなだいたいの遊びは心得ていた。普段一緒にいられない分、休みの日には公園でキャッチボールをしたり、バトミントンをしたりして遊んだ。

うちのお店で働いてくれている女の子たちにも、同じシングルマザーが何人かいた。彼女たちのお子さんも含めてみんなでプールに行ったり、ご飯に行ったりもしていた。

シングルマザーだからって、子供たちには卑屈な思いをさせたくはなかった。

サッカーに水泳教室、そして体を鍛えるためにも空手を習わせた。毎週のように送迎もした。

私が経験してきたことは子供たちにも経験させたかったから、スキーやスキューバダイビングにも連れて行った。それに年に1回は必ず、3人で旅行に行った（これはマサが大学生になった今も続いている）。

いいお母さんとしてというよりも、共通の遊びができる間柄になろうとしたんだよね。だって男の子はいつか親から離れていくけど、同じ遊びができればずっと子供たちといられると思ってたから。

シングルマザーだから暇がない、できないって言い訳をするのは嫌だった。だから町内の役員、学校のPTA、父母会の役員もできる限り引き受けていた。

私はなんであんなに一生懸命だったのか、今考えると、一番の理由は子供たちに〝親の背中を見せたかった〟ってことかもしれないな。

長男がグレた

中学1年の時に長男トシがグレた。

サッカー部に入ってたのだが、周りとの確執でケンカをしてしまって、部活が嫌になって辞めたことがきっかけだった。

私の頃みたいに髪を染めたり、パーマをかけたり、服装などが派手になるわけではなかったので、パッと見はグレてるのがわからない。でも帰りが遅くなり、だんだんと反抗するようになってきて、生活態度も悪くなってきた。

学校で、トシと同じく居場所がない子同士でつるむようになった。類は友を呼ぶ。まさにその通りだった。

ある日、学校から呼び出された。トシと友達が学校内で暴れてるという。急いで学校に行くと、トシは先生たちに向かって怒鳴っていた。

「トシ、どうしたの？　なにしてんの？」

「うるせぇ、俺は教室に入りたくねぇんだよ！」

どうやら、授業中に学校内をブラブラしていたら、先生に叱られたので暴れたとのことだった。

私の時代なら、先生が生徒に手をあげていたが、今はそうできない。先生たちも対応に困っていた。

とにかく私が何とかしないと。

暴れて先生に歯向かっていくトシを、力づくで何とか押さえつけようとした。

「邪魔すんなババァ」

「どうしても暴れたいなら私を倒してからやれ」

「手を離せよ」

トシが私の手を振り払おうとした時、私はバランスを崩して倒れてしまった。

倒れた際、私は何かで手を切ってしまった。大した怪我ではなかったが、血がポタポタと垂れてきている。

痛みは感じなかったので、そのまま必死にトシを押さえ続けた。

突然、トシの動きが止まった。ものすごく焦った様子で
「お願い、タオルとかティッシュ持って来て」

どうしたの？　この子？

「ごめん、ほんとにごめん、こんなつもりじゃなかった。こういうことがしたかったわけじゃない」

泣きながら、私の顔を拭いてきた。

トシの袖は真っ赤になってた。手を切った血が私の顔に付いてしまったようで、その血を見て焦ってしまったようだ。

「いいんだよ、ママは大丈夫だから」

そう言うと、トシはホッとした様子で先生たちに深々と頭を下げた。

とりあえずその場はトシを連れて帰ることになった。

後日、学校に行き先生と話した。

「お母さん、トシくんは大丈夫ですよ、ちゃんとお母さんを思いやる気持ちがありますよ。この前のトシくんを見ればわかります」

「ありがとうございます。そう言われると助かります」

その後、何度も暴れては迎えに行くを繰り返したが、トシは私を見ると素直に一緒に帰ってくれるようになった。

先生から嬉しい言葉をかけてもらったことがある。

「トシくんは今こんな状態ですが、こうして毎回お母さんが来てくれることは、本人の中できっと響いているので、いつかわかるようになりますから、安心してください」

先生のこの言葉に勇気をもらえた。

私の母もこんな気持ちで学校に呼び出されたんだろうか。私はもっと酷かったから母は相当しんどかっただろうね。それに比べれば私はまだまだだね。

ある時トシが入ってたサッカー部の親御さんに言われたことがある。

「トシくん、そのままサッカーで頑張ってくれればいいのに。トシママ大変だね、かわいそう」

ものすごく頭にきた。お前になにがわかる?

「大変ってなに？　サッカーで頑張れないからダメな子なの？　お宅にうちの子の今だけを見て判断してもらいたくない。ちゃんと部活やってるから偉いの？　言うことを聞くからえらいの？　ふざけんな！　トシの良さは私が一番わかってる。何も知らない他人が勝手なこと言うな」

言いながら思った。そうだった、私はこんな大人が嫌いだった。

わが子の痛みは私の痛み

お店に1本の電話がかかってきた。トシの友達からだ。

「トシのお母さんですか？　今一緒にいるんですけど、トシがちょっと怪我をしてしまって動けないので、迎えに来てください」

なんだよ、怪我くらいで。甘えてるなと思いつつ向かうと、コンビニの隅っこでうずくまってるトシがいた。

「どうしたの？」

顔を上げたトシを見て絶句した。顔が原型を留めてなかった。

顔は2倍に膨れ上がり、口は切れて血が出ている。そして真冬なのに全身びしょ濡れで震え上がっていた。

　場数を踏んできた私でも言葉が出なかった。よく〝心臓が止まる〟なんて表現をするけど、この時がまさにそうだった。全身の震えが止まらない……私はうろたえてしまった。

「……ママ、ごめん怪我しちゃった」

　自分がこんなになってるのに、それでも私に気を使って謝って来た。そんなトシがいじらしかった。

「話は後でいいから、とりあえず病院行こう」

　何とか冷静さを取り戻し、すぐ救急病院に連れていった。

　トシは体中アザだらけだった。レントゲン撮影、MRI検査をしてもらっている間、私は気が気でなかった。（もしこの子に何かあったら……）と思うと怖くて、震えが止まらなかった。

（お願いします。この子を助けてください。どうかお願いします）

　何もしてあげられないのが歯がゆい。もう祈るしかなかった。

　検査が終わってトシが病室に戻ってきた。幸い、骨や脳には異常はなかった。全身打撲で全治3ヶ月と診断された。

　とりあえず1日入院することになった。トシが寝ている間、私は一睡も出来なかった。もしもなにかあったら……と、不安と心配で涙が止まらなかった。

　トシが起きてから、少し話をした。

「ママ、心配かけてごめんね。ほんとにごめん」

「そんなに謝らなくていい、打撲で済んで良かった。一体何があったの？」

「夜、公園で遊んでたら知らない奴らに絡まれて喧嘩になった。喧嘩の最中に池に落ちたんだ」

　あからさまにウソってわかった。拳は腫れてないし、顔が集中的に狙われてる。羽交い締めにされて、複数の人に一方的にやられてるのがわかる。

「どう見たってトシが一方的にやられてるじゃん」

「……」

「ママを誰だと思ってる？　喧嘩ならトシよりたくさん見てきてるし、やってきてるよ」

「……本当に知らない人だよ」

　きっとこれ以上聞いても相手のことは言わないだろう。これ以上、私は聞かないことにした。

　ただただ、この子が打撲程度の怪我ですんで良かったと安堵した。

長男トシの家出

「うるせぇんだよ。くそババァ、二度と帰ってこねぇよ」

トシが家を飛び出した。理由は些細なことで、私にちょっと生活態度を注意されたのが気に食わなかったようだ。真冬の夜なのに、薄着で飛び出して行ってしまった。

絶対に寒いはず。だけど意地っ張りだから帰って来ないとわかる。なぜなら私に性格そっくりだから（笑）。

5時間かけて探し回って、公園でやっと見つけた。

「トシ、帰ろう」

「ふざけんな、俺はもう帰らねぇよ」

「寒いじゃん、帰ろう」

「俺は全然寒くねぇから、ほっといて帰れよ。俺ここで寝るから」

公園の椅子の上で寝ようとしている。

「わかった。じゃ私もここで寝る。野宿だね（笑）」

まさに根性比べだ。真夜中に息子と野宿するなんて、こんな経験滅多にない。なぜか私はこの状況を楽しんでいた。

妙に楽しそうな私を見たトシは呆れて、苦笑いしていた。

「ねぇ、なんか飲まない？　暖かいもの飲もう」

自動販売機で買ったコーンポタージュを持って真冬の公園のベンチに座る。温かいコーンポタージュが骨身に染みる。

「俺……別にママが嫌いであんなこと言ったわけじゃねぇんだよ」

「うん、わかってる」

体が温まったせいか、お互い冷静になって話ができた。

「いろいろ言ってごめんな」

「うん、私も言い過ぎた、ごめんね」

まるでケンカした後の彼氏と彼女の会話だ（苦笑）。

「しかし、寒いね……どうする？」

「わかった。帰るよ」

トシがようやく言ってくれた。

「帰ってラーメン食べよう」

かつて母が諦めずに私を探し続けたように、私も諦めなかった。

私はわずか5時間だったが、母は何日も何ヶ月も私を探し続けた……しんどかったんだろう。そこに確かな愛情があったことを改めて感じた。

学校からの呼び出し、家出……自分がやったことは自分に返ってくる。しみじみとそう思う出来事であった。

殴った代償

学校からまた呼び出しがあった。今度は中学2年になったトシが、1こ下の後輩を殴ってしまったらしい。

「生意気な口を聞いてきたから一発やっただけだよ」

とトシは開き直っていた。反省してなかった。先生からも叱られたが、反発してしまっている状態だ。

事情を聞いた私は、トシには何も言わず

「相手の方の怪我はどうですか？　これから謝罪に行きたいのですが、住所を教えてください」

「じゃ、お母さん一緒に行きましょう」

先生も一緒に行ってくれることになった。

「ほら、トシも行くよ」

2名の先生とトシ、私の4人で向かった。

相手の方のお家に上がらせてもらうと、私はすぐさま土下座をして謝った。

「大変申し訳ありませんでした。このたびは息子が手をあげてしまって、〇〇くんを傷つけてしまってすみませんでした」

トシが私の行動を見てキョトンとしてる。

「おい、母親に土下座をさせて、お前はなんでそこでつっ立ってんだ」

少し強面な感じの〇〇くんのおじいちゃんがトシにそう言った。

慌ててトシは土下座をして「すみませんでした」と謝罪をした。

「可愛い孫を傷つけられて、どんだけショックかわかるか？　殴られたこの子も生意気かもしれないが、それでも手を出しちゃだめだろ。自分より立場が弱い子を」

ごもっともである。

「お宅も母子家庭で大変だと思うけど、うちの子も病院に行って診察もしてもらわないと心配だから、診察費とか諸々で10万円で示談にするよ」

「はい、わかりました」

続けて、おじいちゃんはトシに向かって言った。

「いいか、人様に手をあげたら代償を払わないといけない。ましてや未成年の場合は親が払わないといけない。お母さんのことを思うなら、今後こんなことがないように、しっかりしろ」

「はい、もう二度とこんなことはしません、本当にごめんなさい」

トシは泣きながら深々と頭を下げた。

おじいちゃんの言葉はとってもありがたかった。

帰り道、トシが私に言った。

「ほんとにごめん。俺はバカなことをしてしまった。ママにも迷惑かけて……俺、中学校卒業したらバイトして返すから。一緒に謝ってくれてありがとう」

「いいよ、そんなことは」

「もう二度とこんなことしないと約束する」

そう思うようになってくれたことが何よりも嬉しかった。

「トシのことだから、よっぽど頭に来て手を出しちゃったのだと思う。トシ本人が一番後悔してるはずだから、私はもう言わないよ。一緒に謝るのも当たり前だし、迷惑でもなんでも私にならかけていい。でもトシが逆にやられたなら私も黙ってられない。何があっても、何をしても私には大事な息子だから」

「うん、わかった」

「トシが心から反省し、もう二度と手を出さないって思ってくれただけでいい。お金は働けば手に入るけど、今の気持ちはなかなか手に入らないよ。トシにとっての授業料だね」

いつの間にかいっぱしのことを言ってる自分がいた。私はもっと酷かったのに……もっと迷惑をかけてきたのに。同じ立場になってみて、つくづく母の偉大さを知った。

トシの居場所

中学校2年に上がってからトシはだんだん学校に行かなくなった。PTA役員をやっていた私はよく学校に顔を出していたから、その度に担任の先生と話をした。先生の話によると、トシは学校に来ても教室には入らず、保健室や屋上にたまっているという。

私と同じだ。歴史は繰り返すんだなと思った。

どうやら、トシは教室に居場所がなかったみたいで、「みんなの輪に入り込めない」とのことだった。先生もトシが教室に溶け込めるように頑張ってくれているが、それでも本人は疎外感を感じてしまってるようだった。

（私もそうだったな……トシの気持ちはよくわかる）

幸い、トシは家にはちゃんと帰って来る。一緒にご飯も食べるし、買い物も一緒に行ってくれる。話もよくしてくれる。ある公園を通りかかった時のこと。

「オレ、ここでタイマンをしたんだ」

「勝ったの？」

「当たり前だよ」

「最終的に土下座させたから」

「あ！　それ私もよくさせてたよ。やっぱり私の子だ！　血は争えないね」

「ババァと一緒にすんな（笑）」

とかね。いったいどんな親子の会話なんだか（笑）。

「ママは単車どういうの乗ってたん？」

「カワサキの赤いゼファーだよ。トシ、単車乗りたいの？　免許取ったら一緒にツーリングいく？」

「嫌だよ！　ババァと走れないよ。ついて来れないだろ（笑）」

こんな親子らしからぬ話で盛り上がる私とトシの様子を見て、次男のマサはいつも

「あぁ、ヤンキーは嫌だね。俺だけだよ、真面目なのは」

と呆れていた。

基本的には、学校に行きたくなかったら行かなくてもいいと私は思う。嫌がる本人を引っぱって連れていく訳にも行かない。ただ、私にできることは、息子たちにいろんな体験をさせることだった。

当時、私は困っている人の役に立てれば、という思いでボランティア団体に参加していた。その団体が行った東日本大震災や茨城県の洪水被害の炊き出しに子供たちを連れて行った。所属していた青年会議所の行事にもよく連れていったし、町内会の夏祭りなどの準備も率先してやってくれていた。

「この前トシくんが、私が荷物を両手いっぱいに持っていたら、駆け寄ってきて持ってくれたんだよ。トシくんいい子だから心配しなくて大丈夫」

ママ友からのこんな言葉がすごく嬉しかった。勇気がもらえた。

「俺たち、公園の草取りに行ってくるよ」

「○○のおじさんに〝ソフトボールの大会に参加しろ〟って言われたから行ってくる」

小さい時から率先して町内のこと、自治会活動に参加させてもらっていた息子たちは、いつの間にか周りの大人たちに可愛がってもらえるようになっていた。

トシとマサが手にいっぱいお菓子を持って帰ってくることも多かった。どうやら帰り道でご近所の方からもらうらしい。

子供って周りのみんなで育て上げるものなんだね。

私たちは本当に人に恵まれていたと思う。

更生したきっかけ

中学2年生の夏だった。帰ってきたトシの顔が腫れていた。

持っていたスマホも、液晶画面がボロボロに割れていた。

「どうしたの？　その顔」

「知らない奴に絡まれてケンカした。その時スマホを落として壊してしまった」

拳を見ると殴りあった形跡がなかった。

「誰とどこにいたの？」

「ゲーセンで先輩2人といた」

「もしかして先輩にやられた？」

「違うよ、知らない人だよ」

「わかった、どういう人かその先輩たちに聞いてくる」

ゲーセンにトシと一緒に行くと、先輩たちがいた。

「トシのお母さんだけど、いつもトシのこと可愛がってくれてありがとうね。見て、うちの子の顔、誰かにやられたみたいだけど、犯人知らない？」

「いや、知らないいっす」

先輩たちは私の顔を見ようともせずにゲームをしていた。

「普段、うちのトシのこと可愛がってくれてるんだよね」

「そっすよ、可愛い後輩っすよ」

投げやりな、気のない答えが返ってきた。

「今から犯人を探そうと思っているんだけど、一緒に手伝ってもらえるとありがたい」

「あぁ。でも、たぶん犯人逃げちゃって捕まんないっすよ」

「そっか。なら警察に行って被害届を出してくる、ありがとうね」

帰り道、トシに伝えた。

「ママもいろいろ経験してきたから、ごまかせないよ。トシは言えないだろうから、先輩たちにやられたって言わなくていい。仮にやったのは先輩じゃないとしても、可愛い後輩が誰かにやられたなら必死で犯人探すよね。少なくとも私はそうしてきた」

「……」

「トシはそんな先輩たちとつるんでて楽しい？」

「……」

「トシが何をしようと私は応援するよ。暴走族やろうが、やくざになろうが構わない。それが楽しいと思ってくれればだけど」

「……楽しくない」

「じゃ、どうしたい？」

「俺……学校行きたい」

トシがやっと言ってくれた。嬉しかった、ホッとした。

先輩たちとの関係を切るために携帯番号を変え、担任の先生に相談した。

「トシ、おかえり」

クラスメートたちも快くトシを受け入れてくれた。ありがたかった。

それからのトシは夜遊びもしなくなり、遅れていた勉強もするようになった。

「俺、高校に行って、料理人になりたい」

「それ、小学生の時から言ってたね」

「やっと思い出したんだ。ママが風邪をひいた時に、俺が作ったおにぎりを美味しいって食べてくれたことがすっげー嬉しかったんだ」

「そうだったんだ。じゃ、今日の夜ご飯、トシよろしく」

「特訓だな……（笑）」

小さい頃からの夢に向かって頑張ろうとしている我が子が誇らしかった。何よりもキラキラした目で夢を語るその笑顔が嬉しかった。

トシは先輩たちとも付き合いをしなくなった。無事に調理科のある高校に入り、調理師免許を取得。料理人を目指して頑張りはじめた。

次男マサの悩み

トシのことばかり書いてしまったが、次男のマサのことにも触れておきたい。

マサは自分でも言うように真面目で、思いやりのある子だった。ケンカをする私とトシの仲裁役でもあって、冷静で落ち着いた性格に育っていた。環境でそうなったのかな（笑）。

マサが中学3年に上がった頃、正直言って成績は下から数えた方が早い状態だった。

「俺は……やりたいことが見つからないんだ。トシは小学生の頃から夢があったんだけど、俺にはない」

そっか……マサはすごくしっかりしていると感じていたけど、この子はこの子で悩んでいたんだ。

「小さい頃からやりたいことがある人の方が少ないと思うよ。ママだってなかったしね」

「そうだったの？」

「実際、夢があったってそれを叶えられる人もそうはいないと思う。マサはマサのペースでゆっくり探せばいい！」

「わかった、そうだね」

「中学校で見つからなかったら、高校で探せばいい。それでも見つからなければ、大学で探せばいい。これから7年かけていろんな経験をすれば、その中で何かが見つかるかもしれない」

マサは、肩の荷が降りたのか、ホッとした様子。

「俺、今できることをやってみるよ。とりあえず塾に行って勉強して、高校に行く」

「そうしなよ。マサはマサだから」

この子は自分でこれからの道を見つけようとしているんだ。いつまでも子供だと思っていた甘えん坊のマサがこんなに考えていたなんて。

マサは高校に入ると、見違えるように勉強を頑張っていた。行きたい大学にも合格して、将来の夢まで決まった。公認会計士だ。

今は国家試験合格を目指すべく頑張っている。そんな我が子の成長が嬉しかった。

トシの先輩にケンカ売られたこと

トシが高校生になってしばらくしてからのこと。

私と友人、トシの3人でファミレスに行きご飯を食べていたら、トシがヤンキー時代に知り合った先輩たちと出くわした。

先輩たちを見て、一瞬、嫌そうな顔をするトシ。

「ちょっと、挨拶してくるよ」

「お世話になった先輩なの？」

「いやー、ちょっとさぁ」

昔、この子をボコった先輩たちだとすぐにわかった。

「行かなくていい、無視しな」

あえて私は、その先輩たちに聞こえるように大声で言った。

少し経って、その先輩たちがものすごい剣幕で私たちの席に来た。

「無視すりゃいいってなんだよ。こいつは俺が可愛がってた後輩だし、おめぇは関係ねぇだろ」

そう言われて久しぶりに頭にきた。

「なんだガキ。関係なくないだろ、この子の親だよ。だいたい可愛がってる後輩の席に来て、その子の親に文句を言うのがあり得ねぇだろ。先輩づらすんな、帰れガキ」

「ガキってなんだよ、ぶっ殺すぞコノヤロー」

トシが慌てて止めようとしたけど、ここまで来たらもう無理。

「上等だよ、表に出ろ」

抑えきれずに昔の癖が出てしまった。私の友達が見かねて

「かおり、やめよう。相手にしない方がいいよ」

友達はトシの先輩たちにも一言。

「周りには他のお客さんもいるんだし、迷惑かかるからとりあえずあなたたち今日は帰った方がいいよ」

すごい、大人の対応!

「わかったよ、覚えてろよ」

店の外に出ても、ガラス越しにしばらくガンつけてきてた。

先輩がいなくなって、トシが言ってきた。

「大丈夫？　もし先輩たちがママになんかしてきたら、ヤバいよ」

「私は大丈夫！　もしなんかしてきたら、アイツらの方がやばいから（笑）」

正直、内心はけっこうドキドキだった。相手はガタイのいい、16、7歳の男の子。喧嘩してかなうわけがない。

だが親として出るとこは出て、守るべきものは守らないと。……と、カッコつけたものの、喧嘩を止めてくれた友達に感謝。

数日後、先輩たちの親が私のお店に飲みに来た。

「かおりさん、この前はうちの息子が迷惑をかけてすみません。『かおりさんのこと怒らせんなよ』ときつく言っときましたので……」

まさか、ここで〝昔の私〟が役に立つなんて（苦笑）。

少し恥ずかしいような気もするけど、〝とにかくトシはこれでもう大丈夫だ〟と、ホッとする出来事であった。

トシの巣立ち

高校卒業後、トシは目指していた料理人の道へと進むことになった。

「俺は地元にいても、きっと〝かおりの息子〟だとか周りの人に変に気を使われるし、甘やかされてしまう。親の七光りで仕事したくない。だから地元を離れて、自分一人の力で頑張ってみたい」

トシ……お前は、いつの間にかそんなこと考えていたんだね。

「わかった、行ってこい」

これからの人生、厳しい道が待っているのかもしれないが、親として巣立つわが子を見守ること、応援してあげることしかできない。寂しいが、嬉しくもあった。

（いつのまにこんなに逞しくなって……）

こうして、トシは栃木の鬼怒川へ修行をしに行った。

それから2年ほど経ち、トシが彼女を連れてきた。職場の同僚で、とってもかわいらしくて人懐こい子だ。

トシたちは、鬼怒川で一緒に同棲を始めていた。

紹介されてからは、よくトシと彼女、私とマサの4人でご飯に行ったり、スキーに行ったりした。一緒に遊んでいると、私にも娘ができたみたいでとっても楽しい。

そんなある日。

「ママ、ちょっとビデオ通話にして」

トシからのこんな電話に、どうした？　と思っていたら、

「ねぇ、これなんだかわかる？」

トシの手には妊娠検査薬。陽性だった。

「一番最初に報告しようと思ったんだ。今の感情は？　正直どう思う？」

「びっくりしたけど、おめでとう！　ちょっと早い気もするけど、嬉しい」

彼女のほうも、改まった様子で、

「ママ、トシを産んでくれて、育ててくれてありがとう。おかげさまで今、幸せだよ。ふつつかものだけど、これからもよろしくお願いします」

「こちらこそよろしく。おめでとう」

かわいい娘が本当にできた。

「やっぱりね、ママなら喜んでくれると思ったんだ。俺、父親になるよ。なぁ、おばあちゃん（笑）」

電話を切った後、子供たちの小さい時から今までの姿が走馬灯のように頭を駆け巡った。

目頭が熱くなった。

わが子が、あんなに小さかった子が、「ママ、ママ」と甘えてきた子が、今、父親になろうとしている。

しっかりと自分の人生を歩き出したわが子が誇らしかった。

孫が生まれた。パパのトシに似た可愛い女の子。

初めてわが子を抱いたトシが泣きながら言った。

「俺、生まれてきてよかった。この子に会えてよかった。これから命を懸けて守っていくよ」

そんなトシの姿を見て、私の目からも涙がこぼれた。

「ママもこんな思いだったんだね、産んでくれて、育ててくれてありがとう」

私の今までの人生、嫌なこと、死にたいと思ったこと、居場所を探し求め、逃げ出したいと思ったこと、この言葉ですべて救われた。

初めて抱いた孫が小さい手で私の小指を握り返してくる。その手はあまりにも小さく、あまりにも温かかった。

生まれてきてくれて　ありがとう。

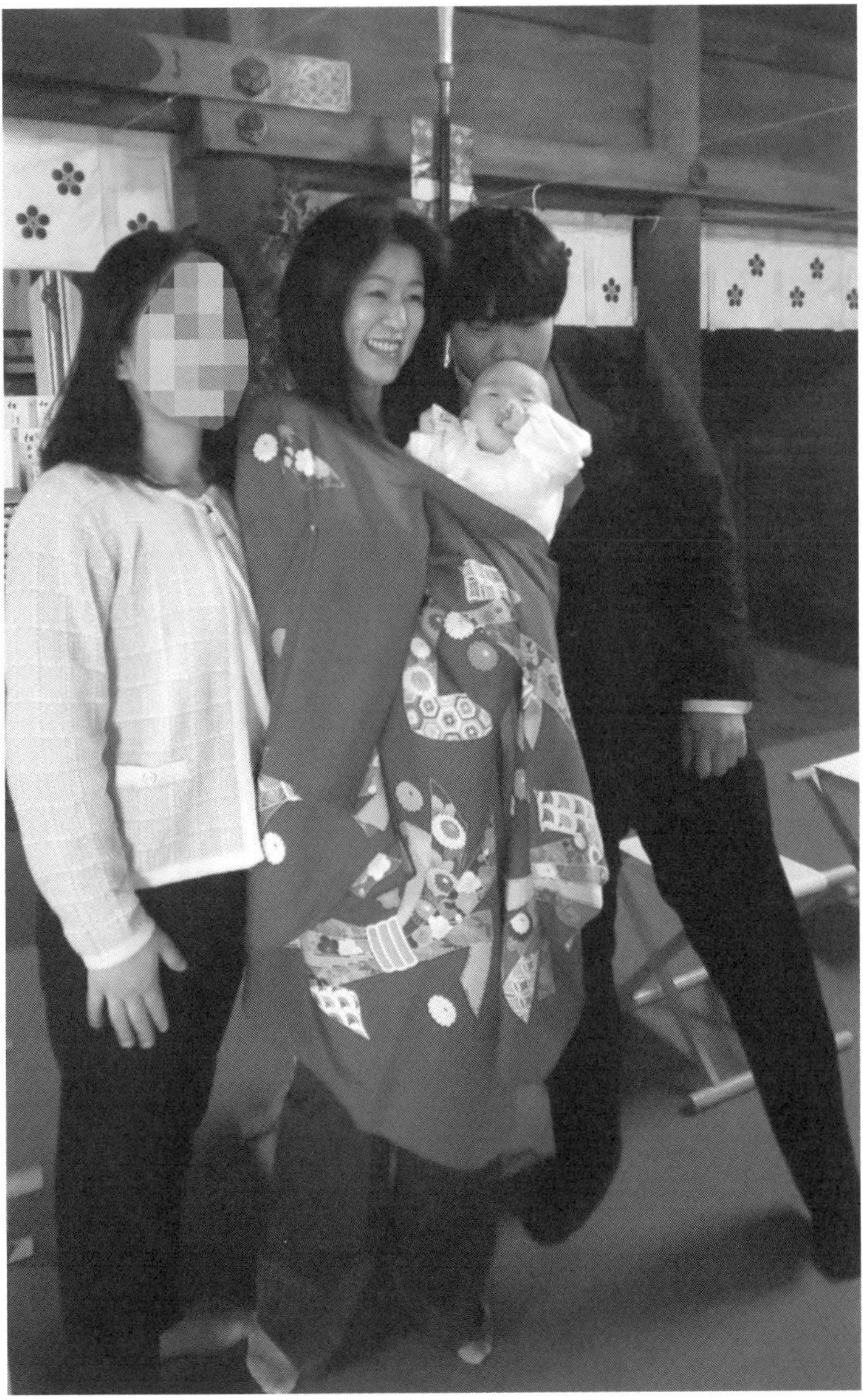

あとがき

ようやく人生の折り返し地点に立った今、生い立ちからこれまでを振り返りながら書かせてもらいました。

いろんなことがありましたが、その時その時は一生懸命で、精一杯で、何も考えられませんでした。だけど、こうして改めて我が半生を振り返ってみると、自分でもなんて波乱万丈なんだろうって思います。

私は幼い頃から人の顔色ばかりを窺ってきて、自分は愛されていない、必要のない人間かもしれないとずっと思っていました。いわば自己肯定感が低い子でした。

それでも抗って、気合いを入れて生きて来ました。いつ死んでもいい覚悟を持って生きて来ました。

だからといって全てが順風満帆にいくわけがない。

心を病んでしまう時だってありました。死んでしまいたい時だって……。それでも私には大切な仲間や家族があったことで、今日までやって来られたのかなと思っています。

本当に生きてみないと何が起こるかわかりません。まさか、50手前にしてこんな素敵なお話が貰えるなんて思いもしませんでした。

このような本を書かせていただいた編集部、家族、友人に感謝申し上げます。

この本を書きながら、私はずっと何かを求めて生きていたことに気がつきました。

それは成功でも、お金でもない、もっと何か別のもの。

自問自答して出した答えは「心の居場所」でした。

女族の頃に出会った、私を認めてくれて、私も守りたいと思える仲間たち。

必死で守ってきた2人の息子、かけがえのない存在であるトシとマサ。

私をずっと支えてくれたことに、自分が同じ立場になって気づいた偉大な母。

心の居場所というのは、本当の自分でいられる大切な人との時間ということかもしれません。

好きなアニメ『ワンピース』に出てくるセリフでこんな一節があります。

「生まれてきてもよかったのかな?」

「生きてみりゃわかる」

子供と一緒に観ていた時、この言葉が私にものすごく刺さりました。

いつの時代にも人は悩み、傷つき、居場所を求め、さまよう。

この本が、少しでもあなたのそんな気持ちを前向きにできたら幸いです。

令和5年6月

かおり

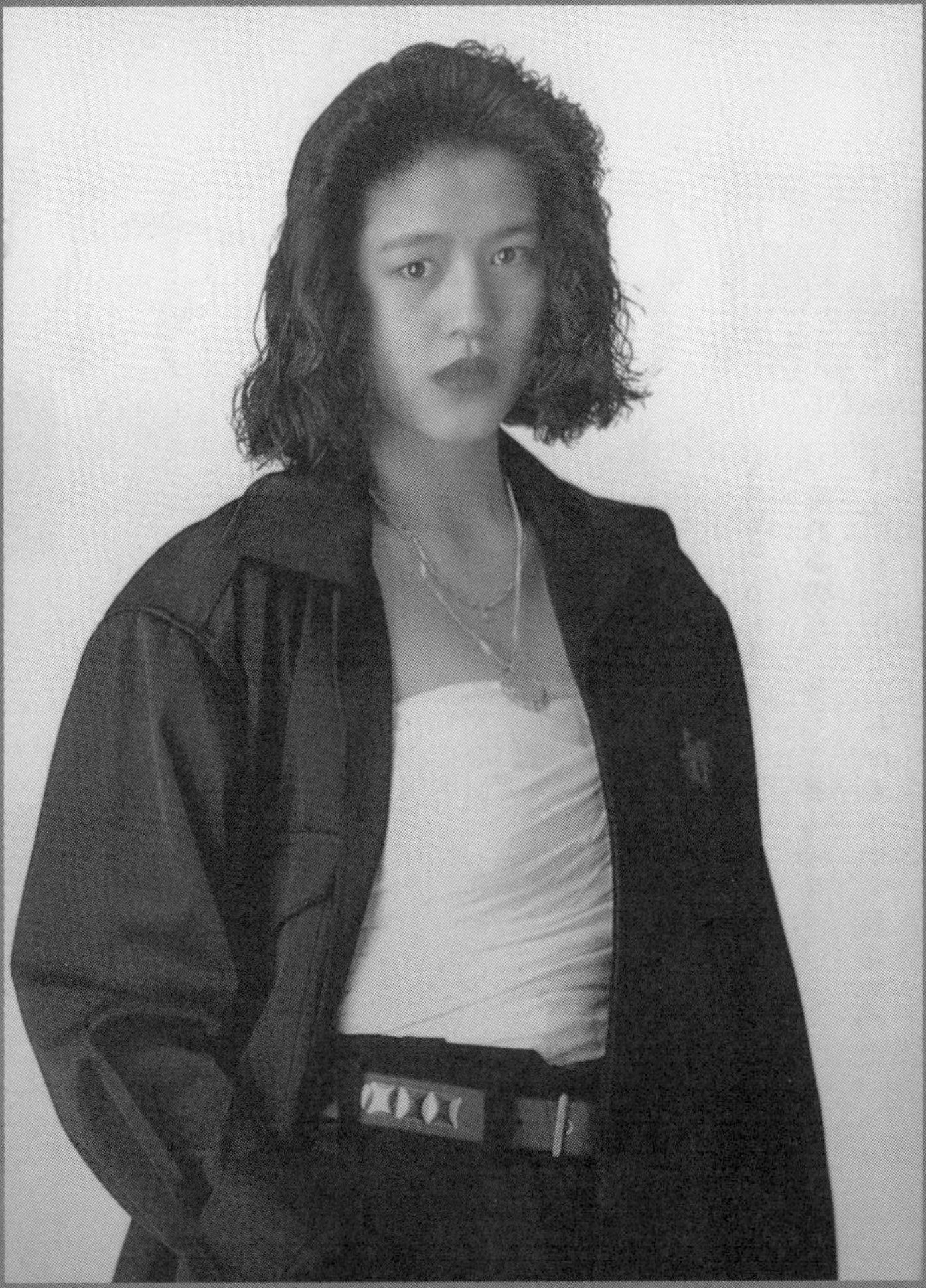

「いつ死んでもいい」本気《マジ》で思ってた…

2023年7月18日 初版第1刷発行

著者　かおり

編集発行人　倉科典仁

デザイン　長久雅行

発行・発売　株式会社大洋図書
〒101-0065 東京都千代田区西神田3-3-9 大洋ビル
電話：03-3263-2424（代表）

印刷・製本所　中央精版印刷株式会社

ISBN978-4-8130-2294-7 C0095